U0535207

一个人好好生活

[日] 小川糸 著
廖雯雯 译

花山文艺出版社
河北·石家庄

目录

1	但愿人长久	1月11日
5	再见,我	2月5日
7	千惠子奶奶与KUJIRA饼	2月13日
12	还有一次	2月26日
15	前往新潟	3月8日
18	故乡	3月27日
23	圆满	4月5日
25	格外幸福的一天	4月14日
30	初试身手	4月15日
32	我的披肩回来了	4月22日
36	到四国去	4月28日
39	与拉拉共度的一日	5月7日
42	在母亲节	5月12日
44	关于茶话会的通知	5月17日

46	暴风骤雨般的茶话会	5月31日
50	不孕治疗	6月2日
55	新生活	6月4日
58	露营	6月5日
61	近邻	6月7日
64	第一个星期天	6月9日
67	公用电话	6月12日
71	自制梅干	6月18日
74	水果三明治	6月20日
76	前往BERCEAU	6月24日
81	我回来了!	6月29日
84	屋顶宴会	7月2日
86	萨蒂与出谷黄莺	7月9日
88	小小生命	7月21日
91	去大海山林、往森林小镇	7月27日
93	海风	8月1日
96	今日的天空之色	8月25日
98	富士山	9月18日
100	节拍	10月2日
102	重生	10月8日
105	镰仓品味	10月15日

108	裹作"千层派"	10月19日
111	租赁犬	10月25日
114	每逢秋至	11月1日
116	干货好日子	11月13日
119	汉娜·阿伦特	11月19日
122	属于可乐的	11月23日
126	月轮熊	12月1日
129	即便在法国	12月14日
131	初次散步	12月15日
134	哲学	12月19日
137	努力做菜	12月29日

141　后记：在镰仓度过日本之夏

但愿人长久 1月11日

祝大家新年快乐!

今年也请多多关照。

话是这样说,新的一年其实已经过去十一天,不太能感觉出新年的气氛。

我觉得,倘若今年依然能够遵循自己的步调,一步一步奋力向前,便是再好不过的事情。

由于年末我就做了不少年菜,正月里反倒可以悠闲度日。

之前的努力没有白费,这次的年菜大获成功。

只是,伊达卷[①]和昆布卷似乎不耐放,很难保存到正月初四。

按照我家的惯例,初四晚上会与企鹅的家人举办

---

① 将蛋黄与鱼肉糜拌在一起烤成的卷帘状食物。

新年会，因此，我必须想办法让大家在那天吃到美味的食物，否则就麻烦了。

看来还得继续修改年菜进度表。

不过，我尝试用烤熟的镜饼夹着乌鱼子一块儿吃，滋味非常香醇！

以前在京都的食堂享用过这道料理，这回做的虽是仿品，但也很美味。

我甚至考虑将它变成我家的固定菜式。

此外，熬煮黑豆也格外顺利，刷新了自己下厨史上的最好成绩。果然，烹饪年菜是会上瘾的。

最近几天，我都沉迷于阅读。

其中有一本书感动得我泪流满面，那便是《容貌复原师》。

作者名叫笹原留似子，她的工作是以一名志愿者的身份，给在东日本大地震[①]中受损严重的遗体化妆整仪，为其还原生前的容貌。

每当我翻开书页，地震那年发生的一幕幕便历历

---

① 这里指2011年3月11日13时46分发生在日本东北部太平洋海域的里氏9.0级地震，又称"3·11"日本地震。此次地震引发巨大海啸，对日本东北部岩手县、宫城县、福岛县等地造成毁灭性破坏，并引发福岛第一核电站核泄漏。

在目。

明明身心都已倍感艰辛，她却依旧坚守岗位，只为完成使命，真的十分了不起。

她教会我许多道理，比如为了让幸存者同逝者好好告别，勇敢地生活下去，修复仪容便是不可或缺的一环。

今天，我捧在手上读的是《泽村贞子①的烹调日记》。

从五十七岁到八十四岁的二十七年间，泽村女士始终都在书写烹调日记，一日不曾辍笔。

她在忙于自己演艺事业的同时，坚持每日亲自为丈夫下厨。

全书最后一道料理，定格在烹调日记的第三十六册，即1992年11月23日（星期一）的早餐"肉酱意大利面"。

她的丈夫于两年后去世。

她后来未曾留下任何书写记录的两年时光，想来总让人感觉莫名的心酸。

尽管相识太晚，两人还是互相吸引，最终结为连

---

① 泽村贞子（1908—1996），日本著名女演员、随笔作家。

理。也许正因为如此，他们才试图在每日的餐桌上找寻幸福的痕迹。

丈夫离开两年后，泽村女士也与世长辞，享年八十七岁。

据说夫妻二人均未举行葬礼，骨灰共同撒进了相模湾。

到头来，能够与心爱之人长相厮守，品尝美味佳肴，或许是人生最幸福的事。

因此，今日的晚餐，我准备做奶汁焗菜。

最近，我对白酱十分着迷，家里的餐桌上隔三岔五便会出现奶汁焗菜的身影。

按照往常的做法，我习惯加点儿马铃薯片，做成烤马铃薯奶汁焗菜，但今晚我打算用牡蛎、小芋头、菠菜做新款奶汁焗菜。

毕竟企鹅专程买回了新鲜的牡蛎。

它们美味极了！

再见，我   2月5日

    关于新作的出版通知。这次是将此前在杂志上连载的三篇小说结集为文库本[①]出版。

    书名叫作《再见，我》。

    本书由幻冬舍文库出版发行。每个故事均以"旅行"为主题。

    《追寻恐龙的足迹》发生在蒙古，《生生不息》发生在加拿大。总之，不同的故事有着不同的舞台。

    《乳房之森》是将2008年发表在月刊杂志《恋爱小事》上的作品做了大幅修订，广义上看，它依旧属于"旅行"的范畴。

    无论哪篇作品，主人公们都尝试从深陷的日常中摆脱出来，发现或体察某些事物，并用这种方式与旧

[①] 日本一种以价格低、易于携带为特点的小开本平装出版形态。

日的自己道别。

因此，我将这本书命名为《再见，我》。

就自身经验而言，旅行的醍醐意味绝不只是享乐。

比如此前的蒙古之旅，对我来说如同修行。

一路上虽然遇到不少艰难险阻，但那些经历最终让我获得成长。

舒适地游山玩水固然愉快，但我也很喜欢把自己刻意扔到艰苦的环境中走走停停。

这一次，与书写长篇小说的体验完全不同，连我自己都感到不可思议。

像是加入过多的香辛料，可是做出的菜到底涵容了我的一部分。

本书以文库尺寸登场，若大家愿意在旅途中随身携带，我将不胜欢喜。

千惠子奶奶与KUJIRA饼　　2月13日

周末去了一趟山形。

我们在赤汤温泉与肘折温泉分别留宿一晚,尽享温泉之乐。

恰在此时寒潮来袭,无论走到哪里,都是一片雪景。

从山形新干线"TSUBASA"号的终点站新庄出发,驱车往山中行驶一小时左右,便能抵达秘境温泉乡——肘折温泉。此前我一直想去那儿泡汤,奈何时机总不凑巧。

"TSUBASA"号虽是新干线,利用的却是普通列车的既有线路,因此车速不算快,沿途车站规模也较小。

新庄站当然也不例外,是一座小巧别致的车站。

几位老奶奶在站内摆起桌子,贩卖自家制的

腌菜。

其中一位是千惠子奶奶。

最近，连腌菜这种储备食品也开始使用各种防腐剂、保存剂等添加物，叫人无比失望。

明明我只是想吃最正宗传统的腌菜，谁知寻找起来如此困难。

不过，据说千惠子奶奶做的腌菜不含任何化学添加剂。

"尝尝吧。"千惠子奶奶热情地招呼道，推荐我品尝腌萝卜。

萝卜清脆爽口，酸甜适中，真的十分美味。

"很好吃呢。"我对千惠子奶奶说。

闻言，她信心十足地讲道："是我亲手做的哟。"

向来对腌萝卜诸多挑剔的企鹅，也露出心服口服的表情。

由于接下来要去肘折温泉，我们决定明日返程时再顺道光顾。

肘折温泉历史悠久，据说过去曾是著名的温泉疗养地，春夏秋三季皆会开设早市。

常住居民至今仍保持在三百人左右。

这里是充满乡野风情的温泉街，不远处河水潺潺，整座小镇恰好位于山川环抱中。

这里最负盛名的还是温泉，泉质极棒。

最近我爱上伊豆、箱根等地，总喜欢去当地泡汤，即便如此，依旧无法抵抗东北温泉的魅力。

下榻的旅馆配备了家庭浴池，别有一番风情，泡在里面简直不想出来。

翌日，我们返回新庄站，去买千惠子奶奶的腌菜。

"我从家里带了好东西。"说着，千惠子奶奶特意从里面的箱子中拿出一些腌菜。

我们买了一袋萝卜、一袋芜菁，以及千惠子奶奶亲手做的山菜糯米饭，她大方地送给我们新鲜的真姬菇。

除了腌菜，新庄站的商铺也贩售纳豆汤料包、KUJIRA饼等，空气中充满令人怀念的好滋味。

纳豆汤料包在山形的超市里随处可见，换作在东京却十分稀罕。

这种料包是将纳豆与味噌酱研得细细的，再搅拌均匀，想喝的时候，只需兑入高汤，就能轻松做成纳豆汤。一般家庭很难靠人力将纳豆研磨得如此细碎，有了这种料包，就会省事许多。

回程途中，在驶向东京的新干线上，我们迫不及待地品尝了千惠子奶奶做的山菜糯米饭。打心眼儿里觉得它无比可口。糯米饭就得做成这样才正宗！

我们特意点了一份米泽站直供的牛肉便当。企鹅遗憾地表示，还是糯米饭更好吃。

如此看来，千惠子奶奶的厨艺一定相当了得。

我们想要品尝她做的各种料理。

腌菜的包装盒背面印着她的联系方式，不如下次写封信去吧。

到家后品尝了KUJIRA饼，真是令人怀念的点心。

记得小时候，我是把它切成薄片，放在炉子上烤着吃的。

如此一来，糕饼表面会变得稍许焦黄，吃起来也更加香脆。

这款糕饼原料包括糯米、粳米、砂糖、食用盐。据说从前，这款糕饼是女儿节上的美食，深受大家喜爱。

我挑选的是黑糖口味，里面加了核桃。

舌尖传来朴实的味道，连初次品尝的企鹅也赞不绝口。

顺便一提，关于"KUJIRA饼"的命名缘由，可谓众说纷纭。

有一种说法是，因为它十分耐放，所以叫"久持良饼"；另一种说法是，因它包含着美好的祝福之意，故而叫"久寿良饼"。

更有甚者，说它之所以叫这个名字，是因为外观与鲸类似，或者它是用葛粉做的。[1]

我还听说，在东北的其他地方能够见到与它同样名字且造型差不多的糕饼。

或许在过去的岁月里，它是一款格外难得的美味。

倘若有缘一见，请大家务必尝尝！

---

[1] 在日语中，"久持良"与"鲸"皆可读作 kujira，"久寿良"读作 kujyura，葛粉的"葛"读作 kuzu。

还有一次　　　2月26日

收到了《缎带》的二校清样。

无论过程如何曲折,这都将是我最后一次对它进行修改。

它是我深藏于怀的作品,得我体温滋养,如今总算即将付梓,令人感慨不已。

作品问世前,作者有无数次机会反复审读。无论哪部作品,大约总有一次,我会让自己完全变成读者,怀着读者的心情,沉浸在整个故事中。

每当这种时刻,我就特别感动。

如果手头仅剩的一次机会也能化作这样的时光,便再幸福不过。

我非常喜欢审读校样。

这回荣幸地请来GURIPOPO老师绘制封面插画。

真是格外漂亮的封面,如果大家觉得封面和故事一样有趣，我会十分开心。

今早四点半，我从梦中醒来。

昨天去美容院做了养生理疗，倦意很快袭来，约莫九点半我就钻进了被窝。

凌晨猛地睁眼，发现户外仍旧一片漆黑，但我心情舒畅，便直接起床工作。

整个人状态不错。

大约在睡觉的黄金时段——夜里十点至凌晨两点——进入深眠，醒来后只觉神清气爽。

如今正在书写的，是我的下一部作品。

机会难得，不如保持这种节奏吧。

抢在旭日初升前起床，内心觉得十分充盈。

如今，想到《缎带》即将与大家见面，我就倍感期待。

书写这部作品的过程，真的十分幸福。

仿佛怀着鸟儿孵卵的心情，把它变成一个充满爱意的故事。

再过几天，它就要离开我的身边，思及此，心底涌上落寞之情。为了不留遗憾，我须以爱与情悉心浇灌，送它出发。

今年冬天极其寒冷，不过梅花还是开了，水仙也绽出花骨朵。过不了多久，便能为春日高声欢呼。

只要再稍稍忍耐一下严寒，温暖的春天就会到来。

前往新潟   3月8日

寄出了《缎带》的二校清样。

就这样，维系着我与作品的脐带终于被剪断。

我曾将它抱在怀里，输送过大量养分，因此在它呱呱坠地之时，即便剪断脐带也无妨。

此刻的我，大概就是这样的心情。

这回，有一本小书将与《缎带》同时出版，名叫《羽翼的馈赠》。

如果把《缎带》比作母亲，那么《羽翼的馈赠》就是她的孩子。

这本书收录了去年年底我在《每日新闻》（关西版）上连载的所有短篇。

《羽翼的馈赠》配有丰富的插画，大约会是一本非常可爱的图文集。

这样看来，也许可以送给尚在念小学一年级的拉拉。

接下来的时间,只需静待这本书问世。

今日晚些时候,我将出发前往新潟,展开为期三天两夜的采风之旅。

原本我的计划是参加捕兔活动。

这项传统活动允许大家把捉到的兔子煮成火锅享用。后来听说未能获得行政部门的批准,不得不临时取消。这令我感到些许遗憾。

但我从前也养过兔子,并且非常喜欢,因此听说活动取消,心里不由得松了口气。

这个冬季,我下意识地为自己规划了一趟雪国之旅。不过,要在积雪深深的城镇生活,果然还是有些吃力。

一提到雪,首先浮现在脑海的,是通往学校的必经之路。

那时候,每天早晨我都与隔壁的小伙伴约好一块儿上学。下过雪的清晨,道路被积雪覆盖,我们不得不另外开辟一条新路。

两人竭力稳住脚步,因为寒冷而停止交谈,只管默默前行。

冬雪让人沉默,也催人内省。

然而,比起独自走过雪地,结伴而行显然更加有趣,明明谁也没有说话,心意却相通。这种距离感,总是为我带来奇妙的好心情。

今日午后,我准备造一个雪洞。

已经有多少年没有亲手造过雪洞了呢?

雪洞造好后,人可以钻进去。那种被守护的感觉,令我无比留恋。

故乡　　　　　　　　3月27日

终于抽空观看了此前录好的一档节目——《浪之彼端~浪江町的邦子阿姨~》。

这是现居英国的日本导演三宅响子执导的纪录片。

它由包括日本NHK在内的七国电视台共同制作，是三宅导演凭借其独特的个人视角，捕捉到的罕有故事。

节目十分精彩。

三宅导演的姨母邦子阿姨生活在浪江町，因着这层亲缘关系，三宅导演从童年时代起就经常去浪江町玩。

邦子阿姨居住的地方距离福岛第一核电站十八千米。尽管浪江町内并无核电站，地震过后，当地居民却成为核泄漏事故受害者，被迫接受避难疏散。

故事一开始，出现在画面中的邦子阿姨开朗乐观，浑身充满力量。

当我得知她在浪江町相邻的两块土地上分别经营婚礼会场与殡仪馆，又凭一己之力开设了一间烘焙坊，是叱咤风云的女企业家，便明白她何以给人留下上述印象。

不幸的是，核泄漏事故导致她丢掉了工作。

有一天，早已被疏散至别处的邦子阿姨临时回了趟家，顺道去了自己的烘焙坊。在店里，她拾起发霉的面包，不由得哈哈大笑。

"怎么可以被这种事轻易打败呢！"她感叹道。

或许那时候，她依然相信自己还能回到浪江町重操旧业。

浪江町的遇难者和失踪人员共计一百八十四名。

据说，海啸第二日旋即发生了核泄漏事故，搜救工作被迫终止，一些原本能够获救的生命最终离开了这个世界。

幸存的两万居民全部离开，疏散避难。

此前他们一直过着起早摸黑、辛勤劳作的生活，如今却住在临时搭建的房子里，整日无所事事，看上去非常可怜。

有段影像记录了避难期间三位老人坐在路边聊天的情景。

"不管日子多么艰难，都只能笑着面对啊。"画面中的身影这样说道，体现出东北民众的坚强。

我开始重新思考，从这些坚持劳作的普通人手中夺去他们工作与生存的意义，是多么罪无可恕。

隔壁的大熊町建起了核电站，浪江町却没有。

为此，浪江町的居民只好眼睁睁看着自己的老邻居摇身一变，化作核电站的城下町，日渐繁荣。

在小酒吧里，普通村民被赶去角落，财大气粗的"东电先生[①]"却耀武扬威地坐在正中间的位子，还有丈夫供职于东电的太太，购物时总是手持路易威登的钱包。在大熊町，一旦米价下跌，米农立刻就能得到町政府的补贴。

浪江町的居民怀着五味杂陈的心情，见证了这一切。

于是，围绕要不要将核电站招揽到自己镇上这一问题，町内居民分成了两派：

---

① 这里的东电指东京电力公司，成立于1951年，是日本九大电力公司之一，也是亚洲最大电力企业之一，运营着包括福岛第一核电站在内的三座核电站。

同意由东北电力公司收购自家土地的居民，拿着大笔用土地换来的钱，在别处盖起了气派的新房；至于反对收购土地的居民，则遭受了极其不堪的刁难，比如家门口被泼粪便，殡仪车被叫来停在门外，以示威胁。

最后，招揽核电站的项目于2011年4月宣告终止。

邦子阿姨说："几十年来辛劳积攒的东西，瞬间灰飞烟灭。哪怕坚决反对修建核电站，终究于事无补。哪里有什么绝对的安全呢？真的很无知啊。最可悲的还是自己，竟然相信这一切。"

我想，这恐怕也是包括我在内的绝大多数人的看法。

起初，邦子阿姨相信总有一天自己能够重回浪江町，然而随着现实的迫近，她的心境逐渐改变。

或许再也没法儿回到浪江町了。这样想着，邦子阿姨临时回了趟家，将留在家里的贵重物品都带走，又给倒在地上的盆栽浇了水。

"因为它们还活着啊。"她的这句话给我留下深刻的印象。

那结出甜甜果实、令她引以为傲的蓝莓，永远无法再品尝。

观看节目时，耳边两度响起《故乡》的旋律。

一次是在避难所的独栋房子里，与猫咪共同生活的山田喝了酒，酩酊大醉地哼唱《故乡》。

另一次便是邦子阿姨在卡拉OK的包间里，握着麦克风吟唱《故乡》。中途，她的丈夫也加入进来，两人一块儿放声高歌。

以前我从不知道，原来《故乡》还有第三段歌词。

当我领悟《故乡》这首歌寄托着生活在避难所的人们对故土的思念，禁不住泪流满面。

从今以后，每当听到《故乡》，我就会条件反射般地落泪吧。

曾经那样渴望回到浪江町的邦子阿姨，终究在别处重新展开自己的工作。

她已不再经营婚礼会场，唯独殡仪馆的工作，仍然不愿放弃。

这份坚强的意志令人动容。

爱花的邦子阿姨如今住在福岛县内的公寓避难。她在阳台和房间里摆满一盆又一盆鲜花，悉心照料。

圆满   4月5日

有好一会儿，我都沉浸在某种深沉的余韵中。

我将最新出版的《缎带》放在小腹上，随意躺在沙发里，迟迟不愿起来。

我不曾欢呼，也没有手舞足蹈，只是安静品味着它的诞生所带来的喜悦。

仔细想想，这可真是一段漫长的道路。

距离处女作的出版已经过去五年，我终于也在理想的写作条件下，创作了第五本长篇小说。

枕在小腹上的书，仿佛一块沉沉的石头。

它依照我最初的构想，成为我最希望的模样。

我抚摩着它，用脸颊轻轻蹭着它，抱紧它，亲吻它。

此时此刻，它是世上最可爱的珍宝。

从刚才起，我已打量了它无数次，犹如探望睡在摇篮里的初生婴儿，同时忍不住为它可爱的睡姿感叹。

因为真的很可爱啊。

和从前一样，我依然觉得它不像是出自我手的作品。

尽管无从得知读者的想法，不过在我心里，从各种意义上讲，它都已刷新了我既往的写作成绩。

从今往后，希望它能得到更多人的喜爱。

希望它能遇见愿意长长久久陪伴它的人。

我把它和《羽翼的馈赠》并排而放，它们相互映衬，在我眼中变得越发可爱了。

啊，真幸福。

我发自内心地认为，能够在大家的支持下，把它变成如此美好的作品，是多么幸运。

这个周末，我打算黏着《缎带》，尽情品味它的诞生所带来的幸福余韵。

也许我会成为它的第一位读者。

瞧，此刻的我对它便是如此着迷。

如果你也发现了它，并且愿意轻轻摸一摸，我将十分开心。

格外幸福的一天　　　　4月14日

春日已经到来，我打算与朋友享用山菜和荞麦。

星期六下午，我的知心好友小拉拉跟随她的父母，骑车前来我家做客。

我准备了款冬味噌、荚果蕨凉拌核桃、高汤浸大叶玉簪芽、款冬花茎和楤木芽天妇罗、土豆沙拉、竹笋牛肉拼盘、鲱鱼甘露煮以及荞麦冷面。

我们小口小口地啜着企鹅精挑细选的日本酒，尽情品尝春季的时令美味。

说实话，每年只有几次能够如此放松地做菜。于是，我放任自己做了许多，沉浸在料理带来的快乐中。

大人们从中午便开始享受难得的休闲时光，在此期间，拉拉兴致勃勃地翻阅我收藏的摄影集。

首先得到她关注的是梅普尔索普①。

"看起来好疼。""肌肉真发达!""这张怎么不穿衣服!"拉拉义正词严地发表感想,接下来又把目光转向荒木经惟②的摄影集。"胸都从和服里露出来啦!""不觉得难为情吗?"又是一连串一本正经的发言。

顺便一提,拉拉最仰慕的画家是毕加索,他的画作中,要数《格尔尼卡》最合她的心意。

热爱绘画的拉拉也真的可以画出富有韵味的图画。

傍晚时分,夕阳一点点没入夜色。

"时间不早了,咱们是骑车过来的,天黑之前该回家喽。"拉拉的父母说道,就在此时——

"今天我要住在这里,绝不回家。"拉拉突然说。

记得以前,拉拉也时不时提出这样的要求。

不过,每当她打算来我家,就会碰到很不凑巧的

---

① 罗伯特·梅普尔索普(Robert Mapplethorpe,1946—1989),美国著名艺术家。20世纪70年代,他以拍摄富有争议的黑白艺术照而闻名于世。
② 荒木经惟,生于1940年,日本当代艺术家、摄影家。成名作有《感伤的旅程》等,是当代日本最具国际影响力的摄影家之一。

事，比如忽然感冒之类的，以至于整个春假，她的心愿都没能实现。

只是，昨天她并没有提前跟我说啊……

"下次，咱们带好换洗衣服再来吧。"拉拉的父母拼命劝道。

可惜，拉拉丝毫不为所动。

于是，仓促之间，我家住下一位小客人。

突如其来的转折，让大人们惊讶得面面相觑！

拉拉的父母慌忙出去为女儿买内裤。

我有些担心，虽说拉拉一向同我亲近，但是忽然离开父母身边，真的不要紧吗？反观拉拉，倒是一副满不在乎的模样。

拉拉居然独自留宿我家，我觉得一切像是在做梦。

晚上，应拉拉的要求，我陪她做了一个纸娃娃。

之后我们一块儿泡澡，晚餐随便吃了些。再之后，我捧着绘本给她讲故事，道晚安……

大约在有小孩儿的家庭，这些日常相处都是顺理成章的。但我家只有我和企鹅，很少出现与孩子同住的情况。

说"很少"其实不准确，仔细想想，这晚应该是第一次。

真的感觉十分幸福。

拉拉睡着后，我仍旧心神不定，难以入眠。

这种反应着实有些夸张，我不由得想起小时候，初次在家喂养宠物的情形。

那种兴奋得坐卧难安的感觉。

拉拉抱着小猪布偶酣然入梦，模样可爱极了。

清晨，拉拉与我一道做针线活儿。

我拿出一个简单素净的白色环保购物袋，只见拉拉用漂亮的丝线缝了边，再在正中间绣上自己名字的首字母"R"。

原本我觉得让小孩子用针线有些危险，没想到拉拉心灵手巧，动作格外娴熟。

她只用一次就学会如何穿针引线，小孩子的领悟力实在太强了。

针线活儿结束后，我为她做了烤饭团，接着带她去公园散步，看她荡秋千、滑滑梯……充分享受与拉拉共度的时光。

我将最新出版的《缎带》与《羽翼的馈赠》送给拉

拉,只觉眼下没有比这更开心的事情。

原本平淡无奇的周末,因为拉拉的陪伴,变成格外幸福的一天。

此刻,幸福的余韵依然久久不散。

初试身手 　　　　　　4月15日

今天会见了书店工作人员，感谢他们平日对我的照拂。

从吉祥寺开始，接着是新宿、横滨，最后回到东京，总共拜访了八家书店。

尽管工作繁忙，工作人员依然分出时间予以接待，让我既开心又感激。

每家书店的展架上都摆放着《缎带》。

看得我心生欢喜。

顺便告诉大家，村上春树先生的新作与《缎带》同日发售，这八家书店都出现抢购一空的盛况。

真厉害啊。发售日当天，整面墙上摆满了村上先生的新书。

我们的作品摆设规模如此不同，简直就是鲸鱼和浮游生物的差别。

　　各家书店都有我为大家准备的签名本。
　　我还使用了《缎带》的专用印章，盖印效果极佳。
　　由于这次并不打算举办签售会，因此签名本只能直接置于店内。
　　唯愿有缘成为它们主人的读者能给予它们长长久久的关爱！
　　《缎带》已离开我的掌心，现在的我所能做的，无非站在它的身后安静守望。
　　此刻，感觉自己正全神贯注地目送它挥动翅膀，初试身手。
　　无论如何，我要做的事情只有一件，那就是祈祷它能轻快地翱翔于天空。

我的披肩回来了 　　4月22日

不见了。

忽然之间，它便消失无踪。

因为午后需要在POPLAR社接受采访，所以我去了趟社里，然后就发现披肩不见了。我记得出门时确实带上了它的。

真可惜，明明刚入手没多久。

披肩价格略为昂贵，不过为了纪念《缎带》发售，我还是说服自己，咬咬牙一口气买了下来。

披肩是纯山羊绒的面料，呈现一种接近灰色的淡蓝，绕在脖子上，整个人犹如被细腻的泡泡温柔地包裹，哪怕在夏天也能毫无负担地使用，真让人开心。

由于它质地轻薄、触感柔软，因此这段时间不管去哪儿，我都随身携带。

然而，这条如此珍贵的披肩，竟然消失了。

不，确切来说不是消失，而是丢失。

赶去出版社的途中，我忘记自己搭乘的是快速电车，一不留神坐过了站，慌忙往回坐了一站，莫非披肩是在那时弄丢的？

又或者，是我之后搭乘出租车，把它落在车上了？

不知为何，我对下车前司机先生的一番提醒记得特别清楚。他说："请别忘记个人物品。"

那一刻，我心里嘀咕的却是："根本不可能忘记嘛！"

没想到……

在我接受采访期间，编辑立刻替我打电话给出租车公司，还有地铁、私铁的相关窗口工作人员，询问他们是否有人拾到一条被遗失的蓝色披肩。

心里感到万分抱歉。

然而，到处都不见披肩的踪影。

最后，待我接受完三轮采访，已是傍晚时分，那条披肩仍旧杳无音信。

唉，瞧瞧我都做了什么好事。我对自己无话可说，随即离开了出版社。

咦？

马路中央似乎躺着什么东西，看起来就像某具动物的遗骸。

莫非那是——怀着这样的心情，我定睛一看，果然是我的披肩。

在车轮的无情碾轧下，它已呈现濒死状态。

我瞅准时机，趁周围无车通过，成功救下了它。

怀着失而复得的欣喜，我很快带它回家。

不料哪怕立刻清洗一遍，披肩上依然沾满细碎的脏东西。

于是，我再次倒了些爱用的洗发水，格外轻柔地搓洗。

对不起，对不起！我一边搓着一边道歉。

此刻，我将它浸泡在高级营养护发素里，让它好好休息。

搓洗的时候，我的动作温柔得近乎抚摩，想着它原本是只小动物呢，心里便充满愧疚。

每当想起它被车轮碾轧的情景，我都感到某种深切的悲伤。

一切都怪我。

说不定是我在支付车费的时候，把它随手搭在了膝盖上，之后径直下车，连它掉在地上都没察觉。

司机先生明明提醒过我，我却充耳不闻。

肯定有人看见过它吧，哪怕把它挂在路边的护栏上也行啊。可惜世上没有这样便宜的好事。

我这个人向来容易制造类似的问题。

比如，我会因为粗心大意，摔碎自己格外中意的餐具。

会在吃饭时，把咖喱汁溅在最喜欢的纯白连衣裙上。

也不知道我怎么会这样笨手笨脚，简直太丢脸了。

话说回来，对于这条好不容易找到的披肩，我告诫自己一定要好好保管。

我的披肩，即使被踩踏、被蹂躏，也绝对不会一蹶不振。

从今往后，我再也不会让它离开我的视线。

到四国去

4月28日

披肩意外事件发生的当晚,我乘坐寝台列车①赶赴高松,而后换乘渡轮抵达直岛,在岛上留宿两晚。

直岛的艺术风情让我与企鹅玩得十分尽兴,之后我便离开高松,前往高知采风。

昨天晚上,我搭乘飞机返回了东京。

回过神儿来,已经进入五一黄金周。

之前我曾去过丰岛,直岛之旅尚属首次。

这是一座无比迷人的海岛。

Benesse House酒店的居住体验也棒极了。

酒店极其讲究内部细节,而且住着不少外国游客,有那么一刹那,我还以为自己正在国外度假。

---

① 只有卧铺的列车。

住宿期间，好几次我都忍不住在心里计算，这里与日本的时差是多少来着？

原来岛上竟有一座这么漂亮的度假酒店。

直岛的魅力让人沉醉。

不管是直岛还是丰岛，当地的美术馆都相当值得一观，不过，这次旅行给我留下深刻印象的，是犬岛精炼所美术馆。

这座美术馆坐落于小小的犬岛，是一座利用古老炼铜厂旧址所造的海边建筑。

当日飘着细雨，行人寥寥，营造出绝妙的氛围。

据说，这座美术馆的设计理念是尽量保留炼铜厂原有的建筑格局。对于这点，除了叹服以及宛如沉醉于摇滚舞曲所带来的感动，我便再也找不出别的形容词。

砖瓦构造的炼铜厂早已朽坏，与废墟别无二致，原本毫无利用价值可言，然而随着时代的变迁，它衍生出的崭新价值却让人叹为观止。

无论是地理位置，抑或是建筑本身，任何一处都无可挑剔。

天朗气清的日子，不妨带上喜欢的书，一面眺望大海，一面漫不经心地放飞思绪，在岛上肆意消磨一整天。

犬岛实在过于袖珍，恰好是我理想中的海岛。

岛上远离村落的地方有座石造的神社，我很喜欢它。从外观来看，这座神社不过是把稍小的石块凿成殿舍的形状放在一块大石上，却洋溢着朴素的风情，是拥有赤红鸟居的气派神社所不及的。

岛民对游客非常友好，若是散步途中遇见，他们会热心地为我解说作品，让我观赏自家养的鲤鱼。这些看似微不足道的邂逅也为我带来快乐。

听说岛上仅仅住着五十人。

此外，初次造访的高知让我受到莫大的文化冲击。

从各种意义上说，这座城市都非常厉害。

昨晚，钻进久违的自家被窝，睡了个好觉。

清晨起床后，发现小夏蜜柑神清气爽地沐浴在晨曦中，它们是我昨天在高知的一家咖啡店采访时，店主送我的纪念品。

我的黄金周安排是，宅在家里工作、阅读。

祝大家连休快乐！

与拉拉共度的一日　　5月7日

儿童节这天，拉拉来我家做客。

因为打算在今年夏天彻底重装现在的房子，所以我把墙壁交给热爱绘画的拉拉，供她玩乐。

这个点子是我逛直岛的美术馆时忽然想到的。

刚到我家，拉拉便迫不及待在墙上画了起来。

一开始，她画的是小鸟。

是在《缎带》中登场的鸟儿！

它双颊粉嫩，可爱极了。

不知不觉间，拉拉已经画满整整一面墙。

其中有电车和叼着香烟的大叔，由于差点儿被电车撞倒，他正张嘴惊呼；还有握着扫帚、追赶撞成一团的猫和老鼠的女王陛下。拉拉的想象力可真棒！刚这样想着，我就看见一条美人鱼飘游在半空。

中途的时候，企鹅也拿起笔，陪拉拉一块儿画画。

绘画的主题由拉拉决定，然后她一声令下，两人同时落笔。

成年人的画作果然乏味。

在企鹅笔下，"女王陛下"被画成美轮明宏[①]，"可爱的阿姨"变成面相猥琐的大叔。

另一面墙上画满了外星人、火箭和UFO。

一旦以宇宙为主题，拉拉的想象力就像插上了翅膀，笔下出现的是我们从未见过的动物、昆虫，等等。

晚上，我们一块儿去吃寿司。一番折腾下来，我们几乎耗光了体力，回家后立刻就睡了。

这天拉拉也独自留宿我家。

并且，第二天早晨刚从梦中醒来，她又开始画画。

她在昨天所画的"缎带"的旁边，添上了一只猫头鹰。

[①] 美轮明宏，日本创作歌手、演员，早期在屏幕上多以女装客串演出。

她一言不发，画得异常认真。

画好的猫头鹰威风凛凛，让人折服。

虽然拉拉告诉我这是猫头鹰，但我还是觉得，她画的可能是洋鹉"八重奶奶"①。

它们俩是好朋友呢，说着，拉拉在两只鸟儿的中间加上一颗桃心。

啊，太好玩了。

等拉拉的父母来我家接她时，她的手和脚已经沾满颜料。

那套陪伴我整个童年、共有三十种颜色的派通蜡笔，明显变短许多。

拉拉的画作中，我最喜欢的是小羊和成群的鹳鸵。

沐浴着阳光的小羊看起来特别幸福。

她画得如此生动，我真想把壁纸完整地撕下来，留作珍藏。

接下来的两个月，生活中有拉拉的画作相伴，多么令人心满意足。

---

① 作者所著绘本《羽翼的馈赠》中登场的角色。

在母亲节　　　　5月12日

我收到一束康乃馨。

花是拉拉送来的。

她说想用这束花表达谢意,感谢我一直以来将她视作女儿,给予她许多疼爱。

我开心极了,做梦都没想到自己能在母亲节这天收到康乃馨。

不过开心之余,又感到一<u>丝丝</u>难为情。

世上的母亲们,大约都在今日获得了一整年的奖赏。

前几天,拉拉在我家留宿时,迷上了家里的卜卜与哔哔(小猪和小羊布偶),于是将它们带回自己家做客。

之后她便给我寄来一封信,里面附了一张照片,是她抱着两只布偶进入梦乡的模样。

她在信中写道:"我每天都和它们一块儿睡觉觉。"

看来，她对两个小家伙照顾有加。

她还告诉我，卜卜和咩咩现在交到了新朋友，分别是克丽丝和波尔雷。

刚才拉拉打来了问候电话，只听她道："稍等一下哟。"随后便把话筒递给卜卜。

"卜卜有和拉拉好好相处吗？"我问道。

话筒中立即传来一道低沉的声音："我们玩得非常开心哟。"

我在拉拉这么小的年纪，也很喜欢与布偶玩耍。

拉拉说，之前墙上的画只画了一半，下次要再来我家住上一晚，仔细地画完。

我已为她准备好换洗用的睡衣和内裤，随时欢迎她过来。

有拉拉陪伴的时光，何以如此幸福。

关于茶话会的通知　　5月17日

有个消息告诉大家。

为纪念《缎带》《羽翼的馈赠》出版上市，临时决定于本月30日（周四）在下北泽的小型书店B&B举办夜间茶话会！

茶话会于晚上七点正式开始，同时进行现场签售。

杂志SOTOKOTO的主编指出一正先生将作为嘉宾出席本次活动。

茶话会人数较少，规模不大。

如果大家愿意一边喝着饮料，一边轻松地聊聊天，我将不胜荣幸。

请一定前来参加。

我将在现场静候大家的光临！

此外，还有一件事要向各位汇报。

我与企鹅共同接受了 AERA 创刊二十五周年纪念号里关于"全职夫妇关系"的专题访谈，具体内容将刊载于杂志相关页面。

KITCHEN MINORU 先生负责现场拍摄工作。

话说回来，前几天在高知采风时，不知怎么回事，我竟在不同的地点，先后巧遇指出先生与 KITCHEN 先生，令人感到某种说不清道不明的奇妙缘分。

那么，闲话不多说。

期待能在 30 日那天与大家相见！

暴风骤雨般的茶话会　　5月31日

昨日天气不太好。

而且，傍晚时分，听说小田急线发生了一起人员伤亡事故，严重影响电车的正常运行。

如此暴风骤雨般的突发状况让我有些担心，没想到现场竟然聚集了许多读者。

我还是第一次以这种形式与读者见面。

我不擅交际，讲话特别容易紧张，从前天开始，心里就七上八下的。

为了给自己鼓气，我郑重地穿上和服，但在正式开场前，果然又紧张起来。

好在*SOTOKOTO*的主编指出先生以嘉宾身份出席，态度温和地引导着话题，我的情绪渐渐放松，能够从心底享受这次茶话会。

考虑到读者或许想要给我留言，我们提前准备了一本小册子，供大家在会上传阅书写。大家真的仔仔细细写了好多话在上面，我十分开心。

我觉得要是在昨天就看完那些留言，实在可惜，于是刻意留到今天早晨。就在刚才，我读了。

心情愉悦。

每位读者的鼓励，都将在我今后的写作过程中化作巨大的能量。

读着小册子上满满的留言，犹如享用一碗热气腾腾的米饭。

每当感觉艰难之时，我便立刻翻开这本留言册，汲取精神的养分。

不过遗憾的是，没能在有限的时间内，保证留言册传到每位读者手上。

如果准备了不止一本留言册就好了，我在心里反省。

因为昨天参加的是"夜间茶话会"，所以我琢磨着，不如带些茶点给大家留作纪念。得知此事，我最喜欢的西点屋Le petit poisson的糕点师小林良小姐，特意抽出时间，紧急为我烤制了几款饼干。

我拎着鸟儿（也许是水鸟）造型的饼干赴约。

每只袋子里装了三只小鸟，无比别致，光是看看都觉得幸福。

　　她亲手烤制的点心真的分外香甜，我甚至认为，除了Le petit poisson家烤的蛋糕，别家的都不必吃了。

　　写作的日子，我通常会在清晨喝杯茶。如果工作时觉得肚子饿，我总爱吃几片她烤的奶酥饼干充饥。

　　书写并编校《缎带》的那段日子，我也一直享用她家的巧克力奶酥饼干。

　　当然现在也一样，它是我家必买的常备款点心。

　　她家的奶油泡芙堪称绝品，还有昨天出席茶话会前吃过的巧克力蛋糕，也让人欲罢不能。

　　因此，能够和昨日前来参加茶话会的客人共享我最爱的糕点，别提有多开心了。

　　记得现场有不少读者分得饼干，不知道你们尝过没有？

　　此时此刻，我沉浸在一种妙不可言的、幸福又温暖的余韵之中。

　　在这里，也要衷心感谢下北泽B&B书店，谢谢为我们提供了如此难得的见面机会！

　　这是一家相当有品位的书店，下次我打算以客人的身份前去叨扰。

昨日与会的各位读者,以及为我们设计、布置会场的各位工作人员,请允许我发自内心地对你们道一声谢谢!

不孕治疗

6月2日

尝试了不孕治疗。

关于治疗的初衷,倒不是因为执着于孕育一个孩子。

不过,考虑到自己的年龄,差不多也是最后的机会了。

迄今为止,我迟迟不肯跨出最初的一步。在我眼中,不孕治疗的门扉犹如厚重的铁板,沉沉地压着视线。

因此,假如没有遇上合适的契机,由它从背后轻轻推我一把,我就不会踏入门那边的世界。

对我来说,今年年初,与朋友聊起相关的话题,便是那个契机。

然后我发现,那扇原本需要自己下定决心、鼓足勇气才能推开的诊所大门,竟然意外地很轻薄,感觉与平日去看牙医没什么两样。

不少比我年轻得多的女性也在排队候诊,见此情形,我莫名觉得有些败兴。

诊察结束后,医生告诉我,想要怀孕的话,除了显微受精(最高级的生殖医疗),别无他法。于是,在等待《缎带》出版的日子里,我开始尝试这种疗法。

我遵循医嘱服药、注射针剂,频繁面对非常讨厌的抽血,并且必须一日三次按时使用鼻腔喷雾。总之,整个治疗过程极其烦琐。

有时我会利用两次访谈的间隙对着鼻子喷药,同时配合就诊日程表安排工作进度,于是接连过了一段提心吊胆的日子。

当然,我的情况已经算好的,毕竟我是自由职业,基本能在家里开展工作。

如果需要一边上班一边治疗,那就太辛苦了。

在此过程中,生理上的疼痛、恶心,以及平日极少感受到的不快都没少尝,仿佛在未知的世界环游。总体而言,这是一段愉悦的时光,包含着某种充满新鲜感的惊异,诊所的医生和护士们态度格外友善。

采卵手术结束后,大概在5月18日,受精卵移植回我的宫腔。

而恰好是在夜间茶话会的前一天,我拿到了最终结果。

说不清为什么,我的心里似乎早有预感,因此,听见医生说"十分遗憾……"我显得非常冷静,果然一切都在预料之中。

当然,无论是精神、肉体,抑或是经济方面,不孕治疗带来的负担都是巨大的,尽管我也希望看到疗效,但对于目前的结果,倒也接受得迅速而坦然。

再之后,我便开始认真思考,自己究竟想要如何度过接下来的人生。

或许我会接受不孕治疗,并非因为想要小孩儿,而是希望借此确认事实,或者说给自己一个交代。

无论如何,眼下我们这代人,是时候做出重要的决断了。

好比站在"Y"字形的路口,究竟是往右还是往左,总得选一边的。

而我此前始终没能下定决心,这与闭上眼睛逃避现实没什么不同。

但是，当医生对我说"十分遗憾……"的时候，该怎么形容呢，那个瞬间，创造故事的神明仿佛在我耳边轻声呢喃："孩子难道不能仅仅存在于故事中吗？"既然如此，那么干脆由我扮演"胆量妈妈[1]"好了。这样想着，我的心情分外明朗。

如今，我已彻底释怀，好比忽然之间，视野变得清晰而开阔。

这一次，我终于能够不慌不忙地检视自己的内心，得出的结论是，我丝毫不执着于孕育一个与我有血缘关系的"我家的孩子"。

相较而言，我更愿意做的事情是，近距离地抚养、呵护小孩儿。

说来可悲，这世上本就有一些孩子，出生后无缘得到亲生父母的关爱。

很早之前，我便对"特别养子缘组"颇感兴趣。日本有许多机会可以领养小孩儿，结合我自身的际遇，不如说这个选项更加契合我的"使命"。

正因为我接受过不孕治疗，所以才能确定自己的

---

[1] 由京冢昌子、山口崇等主演的电视连续剧中的角色。

心意。

我认为，这次尝试意义深远，绝没有白费力气。

该怎么形容才恰当呢？它有点儿像一场通关仪式，砰的一声后，我收获了一枚印章。

尽管尚未决定如何处理此前冷冻的受精卵，不过有了这次经历，我的心情舒畅许多。

所以，勇于尝试真的太好了！

话说回来，接受不孕治疗的人未免也太多了吧。

我真切地体会到，尽管日本建立了一整套相对完善的孕产妇护理制度，然而，若不思考如何为备孕女性提供更多孕前支持，少子化问题便无法从根本上得到解决。

此时此刻，假如您也拥有相似的烦恼，那么我的这番经验谈，或许能供您参考一二。

新生活　　　　　　　　6月4日

出于诸多原因，今年我们来不及前往柏林，于是决定留在日本消夏。上一次这样做，还是在四年前。

尽管想想那种暑热就感到害怕，然而大家都是这样坚持过来的，我也得加油才行。

不过，因为要重装工作室啊厨房什么的，所以必须腾空房子。

如此一来，今年夏天，我便在镰仓度过。

昨日手忙脚乱地搬完家，此刻，我已在镰仓安顿下来。

从前我也在柏林、温哥华等外国城市暂住过一阵子，除了故乡与东京，这还是我第一次在日本国内别的地方安家，感觉十分新鲜。

不孕治疗特别辛苦，身体开始处于失衡状态，因此我打算在镰仓优哉游哉地犒劳自己。

企鹅留在东京处理剩下的工作，我则独自一人展开了镰仓生活。

与东京的居住环境相比，这里更加绿意葱葱，教人倍感舒畅。

昨天企鹅过来帮我搬家，晚上我们一块儿去了八幡宫附近的餐馆吃荞麦面。饭后我同他告别，踏着夜色，独自散步回家。

我选择的居所位于靠山的地段，离车站稍远。

附近有一条小川，水流潺潺。我沿着川边的小路往家走，心情有些忐忑。

走着走着，四周的人渐渐多了起来。

我有些好奇，很快发现，大家是来观赏萤火虫的。

萤火虫翩翩飞舞，隐约散发出绿色光芒，那般轻盈柔和。

真是如梦似幻的场景。

无数人聚在一块儿，屏息凝神地望着那簇小小的光团。不知为何，眼前的一幕让我感觉十分美好。

选择在镰仓消夏，是明智的决定。

从桥上望去,能够看见更多的萤火虫。有好一会儿,我静静伫立着,与邻居一道观赏,明灭的萤火令人心醉。

在这里,昼与夜的界限格外分明,夜晚必定黑黢黢的。

清晨,鸟儿的啁啾声从四面八方传来,热闹极了。

窗外有座低矮的山丘,听说属于房东的产业,山谷中不时响起清脆悦耳的声音。

此刻也是,所有声音交织成歌,宛如合唱比赛。

这是我在镰仓的新生活。

看来今后会有好事发生。

露营

6月5日

没有电视机，没有手机，没有收音机，没有微波炉，没有、没有、没有。总而言之，新生活里很多东西都没有。

我不愿大费周折地搬运行李，只带了少量必需品，维持最低限度的日常生活。

也是这个原因，导致目前的生活如同一场露营。

在这里，哪怕一根橡皮筋、一个塑料袋、一个纸袋，都无比珍贵。

今日才发现，自己居然忘带菜刀了。

原本我打算回东京去取的，若是一把都没有就太不方便了。转念一想，没有就没有吧，必要的时候用手撕一撕，或是用切黄油的小刀代替也行，总有办法对付过去。

如此一来，我总算真切地明白，日常生活中家里堆积了多少杂物。

话说回来，如今的这栋房子十分宜居。

窗户开得很大，有风温柔地吹拂。

清晨起床后，我喜欢将窗户推开。

无论望向何处，视野中都会飞进几抹绿意，让人心情沉静。这是以前的我从未知晓的感觉。

夜晚，一旦来到屋顶，就有漫天繁星铺在眼前。

这里并非人迹罕至的孤零零的居所，因此我并不害怕。也许对我来说，它就是最理想的居住环境。

只不过，独自一人生活太久，心里多少有些不踏实，于是我决定，每天在外就餐一次，品尝他人烹饪的料理。如果无法实现，至少下午要去咖啡店坐一坐，喝杯茶或者咖啡。

镰仓有太多咖啡店，从这个意义上说，与住在柏林没有区别。

不过，和柏林不同的是，在这里大家都说日语。

真是可喜可贺。

昨天去了车站旁的越南料理店，坐在露天座位上，我一边喝着凉凉的白葡萄酒，一边吃炒荞麦面。

今天，我事先冰好啤酒，接下来准备去散步，回来之前逛逛那家口碑不错的火腿店，买点儿香肠，然后独自在家度过具有德国风情的一晚。

与企鹅一起生活将近二十年了，这种消磨时间的方式，让我仿佛回到学生时代，心情格外雀跃。

昨天，我眺望着黄昏时分的天空，打从心眼儿里觉得真幸福啊！

另一边，企鹅被迫留在东京，听说有些孤单。

明明我这边是如此快乐！

啊，不过住在这里没法儿收看《海女》①，这点还是挺遗憾的。

---

① 作者喜欢的日本NHK晨间剧。

近邻　　　　　　6月7日

　　清晨起床后，我坐在椅子上喝茶时，必然能够见到对面邻居推开二楼的防雨套窗。

　　恰巧对方也朝我看过来。

　　"早上好!"我果断地打了声招呼，对方微微一笑。

　　搬来镰仓的第五天，我基本适应了这边的生活。

　　一如在东京自有属于东京的时间法则，在镰仓，也有属于镰仓的时间静静流淌。

　　我在镰仓的时间规划表差不多定了下来。

　　清晨起床的第一件事，是敞开窗户。

　　洗脸时烧壶开水，利用泡茶的工夫，以清水擦净地面。

　　一楼和二楼，每日轮流擦拭。

　　地板材质很容易打理，只要用抹布擦一擦，就顿感神清气爽。

连扫帚都不用,只需擦拭一下就非常干净了。

在等待洗衣机洗好衣服的时间里,我喜欢喝一杯茶,小憩片刻(通常这时便会遇见对面的邻居)。

喝完茶,出门倒垃圾。

与住在东京的公寓不同,这边的话,必须在规定的时间段将垃圾放到垃圾站。

垃圾的种类每日均有规定,需要在当天早晨准时送去。

洗好的衣物一般晒在屋顶。

由于日照很强,几小时后就干透了。

忙完当天的家务,我便下楼工作。

好在这边的进度也步入了正轨。

中午我会做一顿简单的午餐,下午一般用来阅读,悠闲度日。

就在刚才,我拎着苹果去对面拜访邻居。

搬来的第一天,我已同房东与隔壁邻居打过招呼,对面邻居却一次都没有。

顺便一提,苹果是小音姐开车载我去逛横滨的开市客①时买的。

清晨用它榨汁,虽然并非应季的水果,但是味道甜甜的,非常好喝。

居所附近开着一家时髦的咖啡馆,室内设有画廊,店主给人的感觉很不错。

通过一桩桩小事,慢慢地与邻里搞好关系,是一件值得开心的事。

不过,要是每天能看一集《海女》就好了,愿意与我一块儿看电视的亲切邻居为什么还不出现呢?如今,我甚至开始私下盘算起这类琐事来。

傍晚时分,不知何处传来叮叮咚咚的切菜声。

每当听见这声音,我便出门去散步。

今天计划前往附近的寺院。然后在回家途中买一盒"刺猬"。

所谓的"刺猬",不过是表面涂了巧克力的蛋糕。

听说附近有家口味很棒的西点屋,我一直心向往之。

住在这里,拥有一定范围的邻里关系,让人稍感心安。

晚上,约邻居一块儿去河边观赏萤火虫吧。

---

① 美国最大的连锁会员制仓储量贩店。

第一个星期天　　6月9日

今日起了个大早,参加在附近寺院举行的坐禅会。

日式袴是我向寺院借来的,穿上它,一切都变得正式起来。

在座不少资深人士,连续多年都来这里坐禅。

坐禅结束后需要诵经,最后是品粥。

典座①花时间为大家熬了米粥,每碗粥上点缀着一颗梅干,滋味格外清爽。

不过,必须尽快喝完米粥,并且不发出一点儿声音。

只见资深人士犹如吮吸一般,动作麻利地喝起粥来。

---

① 僧寺职事名,佛寺中负责寺院杂事或烹饪食物的僧人。

真是精彩的早课。

如果可以，希望自己能够慢慢品尝，不过没办法，因为喝粥也是修行项目之一。

同样地，庭院散步也被视作修行。要是落后前面的人太多，会被责骂，我只好拼命跟上大家的脚步。

唉，好想仔细品味一番庭院的风情哟。

不过，若论及坐禅过程中以及结束后的爽快感，简直无法形容！

听闻这里也举办抄经活动，我打算下次挑战。

难得有机会住在镰仓，希望能够多多体验这片土地上独一无二的风俗。

话说回来，原本我以为独自在镰仓生活会比东京悠闲，谁知情况完全相反。

所有家务必须自己承担，因此，即便在家我也过得手忙脚乱，似乎总有忙不完的活儿。

到家后，我慌忙抱着洗好的衣服去屋顶晾晒。

今天有古董市集出摊儿，中午随便吃了点儿东西，我便兴冲冲地出门了。

原本打算管住自己的钱包，没想到逛着逛着就买得停不下来。

今天看中了江户幕府①时代的盛器，包括一对造型朴素的豆皿，以及来自元禄②时期的白瓷。

据说叫作柿右卫门。

因表面有裂纹，价格才如此便宜。如果保存完好，我是绝对买不起的。

我说要不用来插置线香吧，摊主觉得太浪费。

算了，到底如何使用，今后再慢慢思考。

今天在由比滨街有书市嘉年华的活动。

下午三点，我与住在镰仓山的I夫妇会合，结伴前往书市，四处逛了一圈。

黄昏时同他们道别，之后去小音的店里找她一块儿吃晚餐，再独自回家。

夜里的八幡宫分外美丽。

初次在镰仓度过的星期天，如此丰富多彩。

明日刚好是我搬家的第七天。

---

① 即德川幕府，是日本历史上最后一个由武家统治的时代。1603年德川家康在江户（今东京）开设幕府，至1868年江户开城，江户幕府共经历十五代征夷大将军，历时二百六十五年。
② 1688—1704年，日本年号之一，在贞享之后、宝永之前。

公用电话

6月12日

我东京的家里装有座机,可以轻松与外界取得联系,而镰仓这边的家里却没装。

眼下,我的生活中既没有手机,也没有座机。

能够频繁帮我解决难题的,就是公用电话。

刚搬家那会儿,我做的第一件事是确认居所附近有没有公用电话。

也是以防万一,毕竟没有的话会很麻烦。

我曾留心观察过,发现在镰仓,公用电话其实挺多的。

大致说来,神社的正门口必然装有公用电话。

我家附近也不例外,最近的神社前面就有。

每天我必定使用一次,用于预约餐厅或是与工作有关的联系。

理想中的公用电话,应该被几面结实剔透的玻璃围起来，我很喜欢这样的设计。

玻璃房中没有让人厌恶的气味，对公用电话来说已经十分难得。

假如居所附近有座不错的电话亭，我会感觉很幸运。

不过，"电话亭"这个词早已过时，现在已经很少有人提及。

如果去电话亭打电话，有必要带上一沓电话卡。

每回去打电话时，我都忍不住想，或许只有我还在坚持使用这部公用电话。

听起来有些奢侈，好像它是专属于我的。

我漫不经心地想着，机会难得，不如打扫干净，用花装饰一番。

因为没有手机，所以我一直不确定，只是推测我这边用公用电话打过去，对方的手机会显示成"公用电话"。

因为从前我用公用电话给别人打电话，对方总是不接的。

如果对方听见我的留言，事后会知道是我打过去的，不过到那时，也没法儿再回我电话了。

最近我用公用电话给朋友打过去，几乎都是第一时间被接听。

因为本来就没什么人会用公用电话打电话,只要打过去,他们立刻就知道是我。

如此说来,在他们的通讯录里,我岂非姓"公用",名"电话"?

当然,朋友们愿意第一时间拿起话筒,对我而言是再方便不过的事。

但是,有一个问题依然棘手。

住在镰仓的小音很难与我随时随地取得联系。

原因在于,我这边可以收发邮件但没法儿打电话,她那边可以打电话但不能收发邮件。

哪怕很小的事情,要取得联系都麻烦极了。

难道真得用上信鸽或是传声筒吗?

我开始认真思考一些与打电话类似的联系方式。

最近尤其绞尽脑汁地摸索着,想看看有没有别的办法。

像今日这种下雨天,公用电话与我家之间的距离似乎变得格外遥远。

然后,我脑海中灵光一闪,何不考虑远程操作企鹅来打电话呢。

至今,只有企鹅可以利用网络电话随时与我保持联系。

也许我是想要证明，哪怕生活中没有座机、没有手机，也总能找到办法解决问题。

不过如此一来，倒是给周围人添了不少麻烦。

自制梅干　　　　　6月18日

今日鸟儿们也十分喧哗。

仔细一听,其中一只黄莺像是在给大家做示范,歌喉婉转清越。

不愧是金嗓子小姐。

听得多了,我很容易辨识出金嗓子小姐的歌声。

事实上,此刻它就在后山唱歌。

还有别的叫不出名字的鸟儿,犹如吹口哨一般,发出可爱动听的鸣叫。

每逢下雨天,它们就悄然无声,一旦察觉天将放晴,又开始迫不及待地歌唱。

所以说,我都用不着看天气预报,便知道雨快停了。

周末,企鹅带着许多朋友回家里做客。

拉拉一家也来了。大家一块儿去意大利餐厅吃午餐，然后散步到附近的寺院。

从这里出发的话，东南西北四个方向，随处可见清净的寺院。

绣球花开得绚烂。

昨天是企鹅的生日，也是他第一次留宿镰仓。

今天中午我们吃了海鳗盖饭以示庆祝，之后他便匆匆赶回东京了。

在镰仓住过一晚，他总算理解我为什么不愿意回东京了。

领略过这里的风光与新鲜空气，品尝过那么多好吃的，谁会想要回到东京呢。

今天打算腌渍梅干。

之前在寺院参加坐禅会时，清晨的米粥里加了一颗小小的梅干，那时就打算回家后亲自腌渍，结果去纪之国屋一瞧，只卖品相十分诱人的南高梅。

于是，今天抱着试试看的心情，买了两公斤梅子。

每当看见我做太多储备用的食物，企鹅就一副闷闷不乐的表情。

此刻，我家弥漫着一股分外清甜的果香。

最近三年，每逢夏天我都会去国外度假，因此有好几年没有亲手腌渍梅干了。

用这种方式迎接夏天也不错，我再次想着。

今天晚些时候，我将出门与小音会合，结伴到叶山喝茶。

之后打算去游泳。

夏天正气势汹汹地靠近。

水果三明治 6月20日

今日的镰仓依旧下雨。

雨中的绣球花看上去越发清艳。

说起来,明天的《格莱特的灶台》[1]将为大家介绍《蜗牛食堂》中登场的水果三明治。

这档节目我很喜欢,时不时会看看,因此能被它选中,我很高兴。

接受采访那天,我有幸品尝了主厨特制的水果三明治,觉得格外美味。

说实话,故事里的伦子[2]所做的水果三明治,从

---

[1] 日本NHK电视台教育频道从2011年起播放的人文类节目,讲述发生在一道道甜品背后的故事。节目名中的格莱特,源自格林童话《汉塞尔与格莱特》(又名《糖果屋》)的同名男主人公。

[2] 作者代表作《蜗牛食堂》的女主人公。

来只存在于我的想象中。

因此,我始终不知道它做出来后究竟是何滋味。

应该说,我也是头一回品尝那种存在于幻想中的味道。

不知不觉间,"明天"已到,请大家务必收看。

可惜我家没有电视机,看不了。

前往BERCEAU   6月24日

周末,我去了位于滋贺县的BERCEAU。

五年前,我曾接受杂志*SOTOKOTO*的约稿,并在10月16日前往BERCEAU采风,搜集素材。

BERCEAU是当地一家餐厅,每日仅接待一组客人。

主厨松田先生烹制料理,夫人美穗子女士负责招待,夫妻俩齐心协力,共同经营着这家小店。

那是我唯一一次见到松田先生。

他性情沉默寡言,却总能说出一些真知灼见。

我想,是因为这些观点无比真实地寄宿在他心里,被审视、拣选、玩味,最终获得了表达。

即便我聆听的当下无法领会,之后也能恍然大悟,原来那时候,松田先生想对我传达的是这个意思啊。这样的情况我经历过好几次,不知不觉间,受到了松田先生潜移默化的影响。

地震那年8月，松田先生与世长辞，享年51岁。

我收到的奠仪回礼，是当初采访松田先生后写成的专题稿件《欢迎来到地球食堂》。

哪怕只得一面之缘，松田先生的离开仍旧让我心中一沉。

那年还有别的熟人相继过世，加上发生了地震，是充满告别的一年。

我心里始终惦记着松田先生。

尽管总想着要给美穗子夫人写信，却迟迟没有动笔。

今年春天，《缎带》出版之初，我忽然想，如果美穗子夫人也能读一读就好了，于是寄了一本给她。

没过多久，美穗子夫人打来一通电话。

她说，一直想要见见我。

闻言，我毫不犹豫地再度造访BERCEAU。

前因后果说来话长，但这的确是我此行的初衷。总之，在美穗子夫人的坚持下，重生的BERCEAU变得闪闪发光，连身在天国的松田先生看了都会忍不住嫉妒吧。

最令人惊讶的是，美穗子夫人在松田先生过世十日后，便让店铺恢复了营业。

就这样，犹如跟随某种指引，美穗子夫人去了北海道，进入当地一流法式餐厅的厨房工作，还前往法国进行美食巡礼，不断磨炼自己的技艺。

她的笑容曾是那般耀眼。

现在，她与女儿共同守护着BERCEAU。

我想，松田先生一定也在某处见证着这一切。

吃饭时，我们聊了不少松田先生的话题。料理可口，酒也好喝。

好几次我都差点儿哭起来，却又觉得不是什么悲伤的往事，终究忍住了眼泪。

我们有说有笑，花了一个晚上分享各自一整年的经历。

时间转瞬即逝，回过神来，已是凌晨两点半。

这场只有女子参加的聚会，令人意犹未尽。

翌日清晨，想起松田先生的事，我不由得躲在被窝里哭了一场。

哭完之后睡意全无，想去看看松田先生眼中的风景，于是独自出门，在附近散步。

我沿着细长的小径往前走,抵达一座小小的神社。

神社里有位老婆婆。

她正专心除草,整个身体几乎趴在地面。

由于她的姿势太过庄重,我在后面的椅子上坐了一会儿,出神地望着她。

神社周围绿树环绕,气氛宁谧。

就在此时,老婆婆除完草,向我走来。

我问她,您每日都在这里除草吗?她说,是的。

"趁着我手脚还灵便,眼睛也看得见,能做一点儿是一点儿,好让它看起来干干净净的。"

老婆婆用质朴的语言,说出上面的话。

整整八十年,她从未离开过这片土地。

"如今这个世道,什么地震呀,核泄漏的,听起来就可怕,还有天气,全世界都变得很奇怪呢。不过这里呢,哪怕是下大雨,也绝不会发洪水,多亏老天爷保佑。这份恩情,可是一定要还给神明的。"

这一刻,我双手空空,没带钱包,也没有纸笔。

但是,如果可以的话,我希望能用磁带,将老婆婆的话一字一句地记录下来。

"你也保重身体,要加油啊。"

说完，老婆婆回家去了。

返回BERCEAU的途中，我想，或许冥冥之中，是松田先生促成了我与老婆婆相会。

而她最后的那句话，也是松田先生想要叮嘱我的。

回到BERCEAU，我将邂逅老婆婆的事告诉美穗子夫人的女儿。她说，松田先生从前也很爱去那座神社参拜。

这趟两天一夜的旅行，让我拥有了上述体验。

关于BERCEAU的经历，我已详细写进自己的散文集，大家可以在今年夏天由幻冬舍文库出版的《去大海山林、往森林小镇》后记中读到。

如果要用一个词形容BERCEAU，那就是"圣地"。

对松田先生而言，BERCEAU一定是全世界最棒的圣地。

而在我眼中，BERCEAU亦是如此。

我回来了！　　6月29日

在东京逗留了四天三夜。

出发那天清晨，走在路上不慎踩到宠物犬的粪便；在东京站乘电梯时，遇到一位摔倒在地的大叔，之后我就搭错了车，悲惨至极。

而且，最让人难过的是，我和企鹅大吵了一架。

今天就要提前回镰仓，这样想着，我立刻跳上横须贺线的电车，中途忽然反应过来："等等，就算现在回去，接下来倒霉的还是自己。"于是不得不折返。

真想连续大哭几场。

怎么就遇不到一件好事。

广告的声音很吵；明明是晚上，四周却明晃晃的。东京的生活令人惊慌失措。

我甚至不敢相信，一个月前，自己就生活在这样的东京。

置身东京，人的感知会变得迟钝，同时被巨大的丧失感裹挟。

虽然这么说有点儿对不起企鹅，但我还是希望尽快回到镰仓，哪怕提前一秒钟也好。

上周造访BERCEAU时也是如此，当我走下电车，踏上镰仓站的月台，不由得松了口气。

然后我搭乘巴士，来到家附近，看见后山的瞬间，差点儿想要大喊一声："我回来了！"

进屋后，我立刻打开家里的所有窗户，通风换气。

黄昏时，来到屋顶喝了一杯。

山那边传来黄莺的啁啾声，我情绪渐渐放松。

明明只过了一个月，我的归所却变成了镰仓。

待在屋顶，顿感神清气爽。倘若天气晴好，我通常会在这里享受一个人的晚宴。

今天是周末，小蜜从东京来到我家。

小蜜的名字叫作Mitsu Koji，工作是酿制果酱。

她说今天已经把孩子交给先生照顾了。

作为母亲，偶尔也该用这种方式慰劳自己，否则无法坚持下去。

这样的日子真是久违了。我们不慌不忙地聊着天，特别开心。

　　然后，明天我将招待摄影师托利斯先生。

　　我们约好清晨一块儿去寺院坐禅、抄经。

　　今日的镰仓暑热难耐，不过站在树荫下，可以感到阵阵凉风拂面而过，清新宜人。

　　希望明天也是精彩的一天！

屋顶宴会　　　　　　　　7月2日

今天早晨，窗外的景色悦目至极，一时看得走了神儿。

澄澈的蓝天令人见之忘忧。

干爽的风整天吹着。

这样的日子，我喜欢来到屋顶喝一杯。

一边眺望近处的青山，一边喝酒。有时是啤酒，有时是日本酒。

椅子是仿照越南风格设计的浴室椅。

即便淋湿也无妨。

哪怕没有搭配像模像样的下酒菜，只需在户外喝上一杯，心情就爽然起来。

漫山遍野开着百合花。

夕阳西沉，鸟儿归巢。

老鹰悠然地翱翔在高高的天空。

相比之下，乌鸦来去匆匆，一眼就能认出。

原本以为这里只有我一人，最近发现，其实有新的小伙伴加入。

是一只小小的螳螂。

我伸出手指，打算同它握握手，它却转身逃掉了。

不过仍在屋顶上。

就这样，傍晚的时光从屋顶流逝，一天结束了。

沉沉夜色随之降临。

经历过最初的害怕，我很快发现，从屋顶望去的星空无与伦比。

一开始，我惊讶于这里黑黢黢的夜晚，如今却相反，唯有漆黑的夜色能够带来内心的祥和。

仿佛实实在在地盖着一床幽暗的被子，陷入深眠。

明明平淡无奇，为什么屋顶宴会令人如此快乐呢？

每逢晴天，我就抑制不住满心雀跃，想着今日又该举办一场怎样的宴会。

明天我搬来镰仓刚好满一个月。

这里的居民以及市街的气质都与柏林有些相似，或许并非我的错觉。

萨蒂与出谷黄莺　　　7月9日

搬来镰仓前,我竟然从不知道,原来除了春天,黄莺也会在别的季节鸣叫。

如今的居所周围,几乎一整年都能听见莺声。

声音此起彼伏,若仔细辨认,似可一较高下。

笨拙的小家伙歌喉平平,音程不准,音声散漫。

相比之下,那些生来灵巧的黄莺真厉害!

光是歌声便让人沉醉其中,心情愉悦,不由得跟着打起了节拍。

其中有一只唱得最出色,我称它为"出谷黄莺"。

对了,从本周末起,企鹅也来到镰仓,我们的二人生活正式恢复。

企鹅来的那天,镰仓恰好升温,他仿佛是与暑热的天气结伴同行。

不过与东京相比,这里的暑热有着本质的不同。

昨天傍晚与企鹅一块儿喝啤酒时，发生了一件事。

当时屋子里正播放萨蒂的音乐，不一会儿，那只出谷黄莺便和着曲调唱起歌来。

无论时机抑或音程，都是那般匹配。

最初我们以为是巧合，没想到下次、下下次，它都恰到好处地献声。

仿佛专心聆听着萨蒂的乐音，配合得天衣无缝。

钢琴旋律渐隐，出谷黄莺也慢慢停止了歌唱。

在乐曲最具爆发力的段落，它会放开嗓子高歌。

真是精彩至极的合唱。

出谷黄莺越飞越远，大约一曲终了，它已飞进山林深处。

它喜欢那首曲子吗？

不管怎么说，这都是一场不可多得的联袂演出。

还真让我们遇上了。

话说回来，天气好热。

不过热归热，总算有风，不至于忍不下去。

今天晚些时候，我们打算前往叶山的海之家。

体验久违的、属于日本的夏天。

小小生命　　　　　　　7月21日

大约一个星期前，夜里。

我上床较早，只听企鹅忽然大叫起来。

我一跃而起，以为发生了意外，刚打算关好纱窗，就听见企鹅说，一只壁虎动作灵敏地爬进了屋子。

企鹅吓得惊慌失措。

"这可怎么办？"他问。

"赶快睡觉。"我冷言冷语地打发了他。

在镰仓，到处都能看见类似的小家伙。

前几天，发现我家信箱里躺着一封来自市政府的友情提示信，叮嘱居民小心蜂群。

根据蜂的品种不同，市政府相关部门会有针对性地展开驱蜂行动，也会让大家平日里多加留意。

那封友情提示信上，事无巨细地写着驱蜂方法。

的确，住在镰仓，经常可以看见凶猛的蜂嗡嗡飞舞。

除了蜂，还有蜘蛛（特别说明，进出我家的都是大家伙）、蜈蚣（我家只出现过一只，视觉上已经足够震撼）、老鹰、松鼠、浣熊等出没。

通常来说，居民得靠自己采取某些对策。

听说镰仓有蜈蚣，我吓得不轻，没想到这回轮到对方吃惊："咦，东京居然没有蜈蚣？"

如今，我也习惯根据不同情况，采取相应策略。

刚搬来镰仓时，觉得当地居民的生活始终保持着某种自觉。我想，原因便是他们身处的自然环境吧。

预防也好，除虫也罢，无论如何，自己的人身安全必须自己守护。

换作东京，即便活得大大咧咧，可能也总有办法对付过去。

我也一样，到达东京后，感觉整个人莫名地松懈下来。

每每在家看见装死的蜘蛛，我就会在它逃走之际，毫不留情地将它捻死。

真的很抱歉。

听说蜘蛛是不能捻死的。

因此，为了不滥杀无辜，我准备买只捕虫网，今后用它捕捉蜘蛛，再拿去户外放生。

大家告诉我，热水烫蜈蚣是最有效的办法。我打算试试。

蜘蛛与蜈蚣，待遇迥然不同。

假如非要我选择下辈子转生成什么，大概是蜘蛛吧。

好了，现在说说被企鹅"邀"来我家做客的壁虎。

我有些担心，它会不会被困家中，逃不出去呢。

那是一只奶油色的小壁虎。我一点儿都不怕，企鹅却说，当晚根本没睡好，生怕它从天花板上落下来。

我竟无言以对……

还有，祈祷企鹅的天敌、上回那条扭来扭去的家伙千万别出现。

前天和昨天，我将腌渍的梅子放在阳光下晒干。

今日选举。

遗憾的是，家里没有电视机，看不到选举速报。

去大海山林、往森林小镇　　7月27日

刚才收到《去大海山林、往森林小镇》的样书。

这本书依然采用文库尺寸，以2010年发表的专题稿件《欢迎来到地球食堂》为核心内容，同时收录我在各大媒体平台撰写的散文，以及在《朝日新闻》晚报上连载的专栏《幸福的隐味》。

我一边阅读清样，一边回想起曾经的一段段旅途，内心无比怀念。

在旅途中，我认识了各种各样的人，与之结缘。如今，他们化作强大的力量，支撑我继续向前。

无论哪段邂逅，都是奇迹般的善缘。

在后记中，我写下了前几日造访滋贺县的BERCEAU的经历。

松田先生已经不在了，但他的料理永远活在我的心中。

如果这本小书能为大家今夏的旅行计划提供一点儿参考，我将非常高兴。

此刻，我特别特别嘴馋长瀞①的刨冰！

平泽摩里子老师亲手绘制的封面插画格外漂亮，如果大家买到实体书，请务必细细欣赏。

本书将由幻冬舍文库出版发行。

---

① 日本地名，位于埼玉县秩父郡，刨冰是当地的人气美食之一。

海风 8月1日

毫无疑问我属于"森林派",以前也从未想过自己会生活在海边,不过眼下,我的居所的确靠近大海。

这所房子的周围全是山丘,因此,平日里我很容易忽略的一个事实是,山的那边是大海。昨晚,我们来到由比滨海岸散步。

越是靠近大海,风的气息越是不同。

它让我清楚地意识到,大海近在咫尺。

以前便听说过镰仓海之家的传闻,不过,这还是我头一回来。

真棒!

这里与我记忆中孩提时代去过的海之家迥然不同。

尤其是昨天光顾的鲷鱼摊子,实在热闹。

镰仓的海之家展示了当地独特的"海洋文化",

令我深受感染。

不过最近,我的身体不大舒服,一旦海风吹得太久,夜里就会失眠。

怎么说呢,仿佛海风钻进了体内,喧嚣不止,让人无法安睡。

又好像整个身体被做成了"腌菜",体内盐分的浓度比平日上升许多。

结果便是情绪浮躁,辗转难眠。

大海总是具备震慑人心的能量。

我尚无余力抵抗海风的威力。

靠近大海,能够真切体会到湿度在增加。

今天感觉整个人浸泡在热水中。

由于水分太多,身体变得沉甸甸的。

午后三点一过,清晨洗好的衣物都干了,但被海风吹得没精打采的。

令人吃惊的是昆布。

从东京带过来的时候,它们又干又脆,某天再看,发现已经受潮,变得又软又塌。

面包也是,很快就会变软。

还有奇奇怪怪的霉菌。

尽管如此,我依旧爱着镰仓,它是一座美好的小城。

在镰仓，如果有人夸我"你已经习惯这里啦"，我就特别开心。

今天做了咖喱。

企鹅回东京处理工作，我本不必亲自下厨，但如果一直吃外面的餐食，身体会感到疲倦。

于是，我从蔬果店买来镰仓产的玉米，洗净、焯水，坐在屋顶边吃边喝啤酒。

耳边蝉声悠然，家里只有我一人，独享这场久违的露天啤酒宴。

此刻，炉子上煮着米饭。

我喜欢热热闹闹地与人吃饭，不过偶尔安安静静地用餐也很好。

话说回来，独自在镰仓等待东京的企鹅回家，莫名有种变成他的情人的感觉。

或许从前也有不少这样的情侣吧。

因为下雨，我只好匆匆终止这场宴会。

不知从何时起，蝉鸣已歇。

今日的天空之色　　8月25日

终于下雨了。

镰仓已经很久没有下雨,我几乎忘了上一次下雨是在什么时候。

当东京为一场突如其来的暴雨欢呼时,镰仓却毫无落雨的迹象。尽管天色昏暗,乌云密布,却迟迟没有雨滴飘落。

最终只是空气变得更加潮湿罢了。

八月的镰仓,格外炎热。

因为酷暑,黄莺停止唱歌,昆虫也蛰伏不出。

九日,企鹅抵达镰仓,刚好那段时间气温飙升,看起来根本像是他把炎夏带来了镰仓。

而且今天他回东京了,完全是携暑气而来,随暑气离去嘛。

当然,这么凉爽的天气仅限于今日,过不了几天，恼人的残暑将再次降临。

这段时间，八幡宫举行了雪洞祭、黑地藏庆典，还举办了镰仓爵士音乐节，用镰仓特有的方式，让人尽情品味夏日的乐趣。

可惜，具体的细节我几乎记不清了。

仿佛深陷梦魇之中，无心料理，夜里睡得很浅，体力不断流失。

果然，夏天是我最难挨的季节。

刚才送企鹅去车站，然后四处闲逛，我已经好几个星期没有散步了。

回归独居生活，雨淅淅沥沥地落着，某种伤感的情绪油然而生。

对镰仓而言，这是一场知晓时节的好雨。

听说全国各地先后迎来局部暴雨。

如此极端的天气，就不能想想办法吗？

富士山

9月18日

周末的台风刮得异常猛烈。

树木东倒西歪、摇摇欲坠，雨势极大。

恰好我独自住在镰仓，无须社交，因此遇上台风天就坚守家中，一步不曾离开。

难得八幡宫举行庆典，但这种天气下，根本没法儿比赛骑射。

暴风雨呼啸而过，留下触目惊心的夕阳。

天空看上去有些可怕，让人惴惴不安。

我来到屋顶，本想仔细观察一番，不料远处的富士山鲜明地呈现在眼前。

上一次见到这样的富士山，还是盂兰盆节那会儿。

能从自家屋顶远眺富士山，内心涌起某种富足之感。

台风固然猛烈，不过，台风过境后的蓝天一碧如洗。

昨天和今天，是我搬到镰仓以来，心情最为舒畅的日子也说不定。

空气干爽，凉风徐徐。

而且早晚的那种冷意，会让皮肤也变得凉飕飕的。

洗过的衣物很快便干了。

今天清晨目睹了非常迷人的朝阳。

这样的季节，我时常会在清晨盯着满屋的阳光发呆。

某个瞬间，墙面甚至明亮到可以表演皮影戏。

东京家里的工作间装修竣工，我的镰仓生活还有一个礼拜便结束了。

就地理环境来说，我对镰仓已无比熟悉，却也明白这座小城底蕴深厚，还有许多细节是我未曾了解的。

想着即将与它分别，心中万般不舍。

希望未来一段时间，始终是让人怡然自乐的好天气！

节拍

10月2日

回到东京已经一个礼拜了。

我一点点重新适应了东京的节奏。

今年夏天以前,我不曾觉得东京的空气有何特别,但在镰仓生活四个月后,感觉前者格外轻盈。

又轻又软,仿佛质地上乘的羽毛。

与之相比,镰仓的空气中水分过多。

去过镰仓的人,常说那里"氛围厚重",我想这是因为镰仓的空气真的特别湿重。

天气晴好的日子,清晨洗净的衣物一过正午就干透了。一旦超过下午三点,衣物就会再次受潮。若是不留神忘了收,等到夜里,你会发现它们饱含水分,和刚从洗衣机里拿出来时没什么两样。

尽管每个地方略有不同,然而湿气确是镰仓的"名产"。

当地居民怀着对镰仓的爱意,忍耐着潮湿,常年生活在这里。

那种绝不屈服、生机盎然的姿态,潇洒且闪闪发光。

最近,我忙着收拾行李(再也不想搬家了),不时跑进崭新的厨房瞧上几眼。虽然这段日子很辛苦很疲倦,但是总算安顿下来,回归平静的日常。

犹如两枚刻度盘咔嗒一声合二为一,我的生活如常运转起来。

已是十月,漫长的夏日终于结束了。

前几天,法语版的《蜗牛食堂》寄到我家。

令人开心的是,这本书装帧精美,是法国人一贯的风格。

仿佛一颗长着冠毛的小小种子漂洋过海,在遥远的法兰西生根发芽。

我准备立刻寄一本给我的法国好友索尼娅。

重生

10月8日

它是去年年底，我在京都的古董商店闲逛时，无意间邂逅的一件器皿。

店主将它随意摆放在店铺一角。

它站在那里，气质清雅，楚楚动人。我不由自主地朝它伸出手。它非常轻，我捧着它，似乎将一团空气捧在手中。

很快地，我对它着了迷。

然后，花一千多日元买下它。

店主是一位男子。他告诉我，这是来自古代朝鲜的器皿。

要不是边缘有破损，就它的艺术价值而言，成为美术馆藏品也毫不奇怪。

见我这个外行发自内心地喜欢，店主决定卖给我，并豪爽地以上述价格成交。

虽然直接使用也没问题,但是机会难得,我希望试试金继[①]这种修缮工艺。

于是,几个月后,它再次来到我身边。

它的边缘仅有两处破损,皆用金粉重新黏合。

我捧着它,又激动又不安。

店主说,它已不具备任何价值,然而在我眼中,它就是无价之宝。

这件器皿以优美的姿态重获新生。

它造型小巧,质地单薄,不知何时就会碎掉,然而能以此种形态存留至今,原本便是一个奇迹。

我时常觉得,器物天然拥有生命,从它身上,我也感受到一股旺盛的生命力。

或者可以说,那是一种凛冽的存在感。

它昂首挺胸,落落大方,在世间不卑不亢地活着。

尽管造型简约,却让人百看不厌。

拿在手中,顿感亲切。

想要长长久久地凝视它。

利用金继工艺修补后,我体会到内心那些密实的

[①] 又称"金缮",是一种传统工艺,将漆与金粉、银粉或白金粉混合,用以修补破损的瓷器等。

爱意。

有生以来，我还是第一次对器物眷恋如斯。

是谁，在什么时间，于何处创造了它？

而它又经过何人的抚摩，兜兜转转，来到这里？我试着想象，乐此不疲。

物品损坏后，人们常说"与其修修补补，不如新买一个便宜得多"，曾几何时，我也养成了这样的思维模式。

然而这一次，光是金继费用，就比器皿本身的价格高出好几倍。

也是这件器皿教会我，有些时候，事物的价值不能单从金钱的角度去衡量。

要小心翼翼、珍而重之地使用。

比如放几块凉拌豆腐在上面，整体会显得十分素雅。

或者用来盛装腌制的鱼肉，应该也不错。

镰仓品味

10月15日

清晨翻阅辞典的时候，一股纸香扑面而来。

是让人怀念的香气。

真没想到，镰仓的气息竟然无处不在。

气息这种东西无色而透明，当你"只缘身在此山中"时，完全没法儿察觉，一旦离开所处的环境，再次与它相遇，就能立即识别。

气味也是，宛如魔法般神奇。

无论在何处，它都像一扇门，开启通往别处的通道。

在镰仓，我的工作室坐落在山麓，面朝一方小小的庭院。

隔壁似乎种着一棵柿子树，长得枝繁叶茂。

这户人家的男主人下班到家后，一定会用洪亮的声音喊："我回来了！"

每当听见这个声音，我便心下一暖，甚至想开门迎接，对他说："欢迎回来。"

无比怀念镰仓的生活。

前几天我有机会又去了一趟镰仓。

乘坐湘南新宿线，不一会儿便抵达镰仓。

很快我就发现，哪怕走在同一条路上，如今的心情也和当时相去甚远。"在镰仓拥有一个家"，与"从东京前往镰仓"，感觉终究是不同的。

住在镰仓时——哪怕只是暂居一段日子，我也秉持着身为本地居民的自豪，哪像现在，不过是个四处闲逛的外地游客罢了。

心中涌起些许落寞。

那栋房子已经租给别人了吗？

今年夏天，我和小音逛遍了镰仓。这些事每每想起就觉得难过，还是别想了。

小音与企鹅同岁，比我年长，性格很是讨人喜欢。

我们带着糯米团子和麦茶，去海边赏月。

有时也去游泳，或者坐在咖啡馆里品茶。

与自己特别喜欢的人"生活在同一片土地上"，是非常幸福的事。

如果物理距离得以拉远,属于夏天的回忆就会变得像是奇迹。

今日冒雨外出,看了一部电影《如父如子》[①]。

不少场景引人深思,我无数次设想,假如自己处在当事人的窘境,又会如何抉择。

现实生活中,如男女主角一般亲身经历那些事情的人,是真实存在的。

但我认为,这种情况下,最需要得到尊重的,不是父亲或母亲,而是孩子。

因为孩子是整个事件中最无辜的存在,他被迫与别人交换了人生,然后成为别人。

因此,我很理解电影结局的处理,也着实松了口气。

我看完电影匆匆回家,做了水饺来吃。

家里还剩半袋粉丝,袋子里果然也藏着镰仓的气味。

[①] 是枝裕和执导,福山雅治、尾野真千子等主演的一部反映日本家庭伦理困境的电影,于2013年9月28日在日本上映。

裹作"千层派"

10月19日

往年，每逢十月天气就会转凉，睡觉时盖夏天用的毛巾被，会觉得有些冷。今年十月已经过半了，气温仍旧和夏天差不多。

正当我这样想着，忽然降温了。

我没有在意，睡觉时依然盖着毛巾被，结果感冒了。

很长一段时间，我都苦恼于冬天厚厚的棉被。

因为冬天睡觉时，我很容易出汗。

以致每晚都忧心忡忡，唉，自己该不会进入更年期了吧。

然而，去医院做完各项检查后，医生很肯定地告诉我，没有。

简单来说，是盖着棉被太热了。

于是，我想到一个好主意。

思路和叠穿是一样的。

我家有两条夏天盖的薄毛巾被,还有三条山羊绒毛毯。

这种山羊绒毛毯又轻便又暖和,触感柔软,别提多舒服了。

而我想到的办法是,根据气温高低,随意叠盖毛巾被和山羊绒毛毯。

没错,就是用被子把自己裹成"千层派"。

这个想法相当有创意。

比方说,现在这种温度,我需要盖一条毛巾被加一条山羊绒毛毯。

等天气再冷一些,可以将毛巾被和毛毯对调,让毛毯直接接触皮肤,这样更加保暖。

接下来便进入一年中最冷的时节,我打算按山羊绒毛毯、毛巾被、毛巾被、山羊绒毛毯的叠加顺序,四条一齐上阵。

这样盖着绝对暖和,而且足够轻盈。

所有被毯都可以用家里的洗衣机直接清洗,也不占收纳空间。

等春季气温回升、天气转暖时,还能一条条地减少被毯的数量。

无须预备厚实的羽绒被，全年只要四条薄薄的被毯就够了。

总而言之，我怎么都没法儿适应臃肿的冬被。上述构想对我而言，具有划时代的意义。

试试这种方法，相信睡觉时再也不会为出汗发愁了。

可是，无论我怎样苦口婆心地游说企鹅，他都提不起兴致。

竟然要盖四条薄被毯——他表情悲戚地看着我。

我却觉得这是相当不错的主意。

如果大家感兴趣，不妨试试哟。

租赁犬

10月25日

我家入住了一只小奶狗,是杂交的宠物犬,名叫可乐。

可乐刚刚出生三个月,是个"男孩子"。

收养它的原因,和为我提供针灸理疗服务的老师有关。

前几天,听说我家附近有位技术精湛的针灸师,我二话不说便登门拜访。

老师是中国台湾人,美得不可方物。

据说老师年轻时做过职业模特。

老师家养着两只顽皮的小型犬。

理疗过程中,它们就待在门口,眼巴巴地等待老师出现。

后来,老师无论如何都想再养一只,于是有了"租赁犬"的构想。

让它跟在各种各样的主人身边，疗愈他们的心灵，不是很好吗？

"有道理，我也想养来试试。"

原本我只是随口说说，不料几天之后，个性说一不二的老师，立刻将第三只小狗领了回来。

很快，我接到老师打来的电话，欢天喜地地去见它了。

仔细想想，我和企鹅连一条金鱼都没养过。

有时也会心血来潮地想养宠物犬，但考虑到我们俩喜欢旅行，夏天经常不在家，因此这个计划迟迟没能付诸实践。

不过，如果是以领养的形式，倒也不成问题。

迄今为止，家里除了我与企鹅，再无他人，如今迎来新的成员，感觉着实新鲜。

企鹅看到可乐，立刻变成慈眉善目的老爷爷。

我虽在孩提时代养过兔子、小鸟，领养宠物犬却是第一次。

最初，我不懂得如何与可乐相处，后来慢慢开始享受有它陪伴的时光。

它实在有些黏人，基本上我走去哪里，它跟到哪里。

发现我在看书，它就乖乖地跑来我身边打瞌睡。

蓬松的体毛、急促的呼吸、塑料质感的黑鼻头、小小的尾巴……一切都是那么惹人怜爱。

还有，它用爪子攀着我的手臂，站直身体、努力扭腰的模样，令人忍俊不禁。

三个月大的小狗原来如此顽皮。

话说回来，我和老师明明只见过两面，她居然放心将可乐交给我照顾，真是心胸豁达呢。

老师是位魅力非凡的女子。

上次理疗结束后，老师让我品尝了蜂蜜，说是自家养的蜜蜂所酿。

这些年来，记不清从老师的店门口路过了多少次……

人与人的相识，讲求的或许是"机缘"二字。

今后我打算一点点延长可乐待在我家的时间。

等到下次，一定要好好训练它，可不能任由它在家里随地小便啦。

每逢秋至   11月1日

每年都很烦恼。

怎么办呢?

今年还是算了吧?

就当没有看见,直接路过好了。可是,果然……

我指的是栗子。

说真的,这玩意儿在入口之前,料理起来特别麻烦。

外面那层硬壳还好处理,内里的薄膜实在太难剥了。

每次我都"疲于应战",甚至气鼓鼓地想,再也不会买栗子了!

况且,如果企鹅喜欢吃,我的一番辛苦也值得,偏偏他一点儿都瞧不上。

好不容易做了一顿栗子饭,他却吃得无动于衷,甚至云淡风轻地告诉我，芋头、栗子、南瓜，这些都是女孩子喜爱的食物，换作是他，宁可吃松茸。

到头来，我千辛万苦地剥好栗子，做成料理，也不过"取悦"了自己。

只要我能忍住嘴馋，就不必那么辛苦。这样一想，真是再也提不起劲儿和栗子作战。

然而，秋天的栗子就是让人垂涎三尺。

于是每回经过蔬果店，我都不由自主地东张西望。

相较之下，去皮的新鲜栗子该有多么珍贵。

正因为不用我辛苦剥皮，所以它的美味是毋庸置疑的。

栗子饭、栗子甘露煮、栗子金团。

栗子是可爱的食物，我发自内心这么认为，同时体会到一种坦然的喜悦。

话虽如此，今年的栗子怎么办呢？我尚未得出结论。

要买得趁早。

搞不好在我左右为难之际，栗子就下市了。

昨天晚上，我们品尝了今秋的第一碗芋头汤。

明天早晨，我打算加些咖喱粉在剩余的汤汁里，做成咖喱芋头荞麦面。

不用说，又是一顿让人拍案叫绝的美味。

干货好日子

11月13日

回到家,发现可乐在等我。

刚打开玄关处的门,它就从对面跑过来。

企鹅说,做完针灸理疗,顺便把它带了回来。

与上次相比,可乐的身体明显长大不少,犹如发酵的面包坯。

相信今后它会继续成长。"等它再长大些,就没这么可爱啦。"老师提醒我。

没关系,不管今后变成什么样子,现在的可乐依旧十分可爱。

瞧,它的脖子上还系着一只蝴蝶结。

可乐的眼眶周围覆盖着一圈黑色绒毛,导致两只眼珠若隐若现,这是它最吸引人的地方。

遇见可乐之前,我在街上散步,总会冷眼瞧着那些拼命向狗狗搭话的"爱犬族阿姨"。

它们可听不懂你在说什么……我不屑地想。

谁知道，与可乐相处时，我也变成不折不扣的"爱犬族阿姨"。

我会用比平日高亢的声调，不停地对可乐说话。

这次，我们一块儿观看了一部电影的DVD。

我将它放在小腹上，感觉特别暖和。

可乐坐着坐着就会滑下去，后来总算找着一个舒服的位置，睡着了。

原本担心它会小便，不料它懂事得很，直到醒来都没出任何问题。

只要有可乐陪伴，我就不需要樱桃核枕头。

对了，之前教过可乐四次，这一回，它总算学会如何在铺好垫纸的地板上小便了。

我和企鹅激动得直拍手。

干得漂亮！真了不起！好厉害、好厉害！被我们俩的四只手揉来揉去，可乐满脸疑惑，不过看起来很高兴。

希望下次到我家，它也能记住在哪里小便。

话说回来，昨天简直冷得不像话。

我只好早早地享受起地暖，这在往年是绝不可能的。

清晨气温更低，冻得四肢僵硬。

不过我心情很好。

难得有空，我去鱼铺买了一些竹荚鱼，打算做成鱼干储存起来。

住在镰仓的时候，我尝过当地的竹荚鱼，觉得格外美味，几乎天天为自己做竹荚鱼寿司。

一旦知晓镰仓竹荚鱼的好滋味，别处的竹荚鱼就入不了眼了。我"傲慢"地说着，很长一段时间里，对东京的竹荚鱼都不屑一顾。

然而，日子一天天过去，我也快要忘了镰仓竹荚鱼的味道。

鱼铺老板告诉我，可以将鱼浸泡在冰水中，去掉血污后再撒一些盐。我老老实实按他说的去做，之后把鱼晾在室外，通风一整晚。

这几天的空气寒冷而干燥，是晾制干货的好日子。

翌日清晨，鱼身的水分已蒸发殆尽，看上去美味极了。

汉娜·阿伦特[①]   <u>11月19日</u>

在岩波电影厅看了《汉娜·阿伦特》。

"二战"结束后,这位犹太裔哲学家曾主动赶赴纳粹集中营考察,电影便是根据她本人的真实经历所改编。

她前往以色列旁听过纳粹战犯艾希曼的刑事审判,回到流亡之地美国后,将审判过程如实发表在杂志《纽约客》上。

这段经历导致她终其一生都在遭受攻击。

汉娜的行为,需要莫大的勇气支撑。

---

① 汉娜·阿伦特(Hannah Arendt,1906—1975),20世纪著名思想家、政治理论家,出生于德国汉诺威一个犹太裔家庭,1933年德国纳粹上台后流亡巴黎,1941年到达美国。1951年成为美国公民。著有《极权主义的起源》《人的境况》《艾希曼在耶路撒冷》《论革命》《心智人生》等作品,其中《极权主义的起源》为她奠定了作为政治理论家的基础与声望。

而她终究选择将自己观察到的艾希曼的真相无所畏惧地公之于众——她认为艾希曼之所以那样做，不过是因为他主动放弃了独立思考与判断，继而盲目服从上级的命令。

汉娜的演讲很精彩，她时常在演讲中强调思考的重要性。

于是我深刻地意识到，这些道理对日本同样适用。

汉娜总是从哲学性的立场出发，诚实地面对战争与邪恶。

一个人要持续不断地伸张正义，是非常困难的事情。

任谁都不喜欢来自他人的批评，要顾忌自身立场、家人与朋友，有时只能三缄其口。

我亦不例外。

然而，汉娜始终无惧。

她的生存方式令我动容。

若非秉持无比坚定的信念，绝不可能做到如此地步。

某段时期，她与海德格尔关系匪浅，这大约也对她产生了影响。

最近一直老老实实地待在家里看电影。

我把各种题材的片子都找来看了一遍，感觉《家族之国》与《熔炉》最好。

尤其值得一提的是《熔炉》。影片取材自韩国一所聋哑障碍人学校的真人真事，讲述该校学生如何遭受性虐待，给我留下深刻的印象。

《汉娜·阿伦特》也好，《家族之国》《熔炉》也罢，每部影片都毫无矫饰，也感受不到演员们用力表演的痕迹与强行煽情的意图，让我觉得自己完全是在观看纪录片。

上述电影均改编自现实生活中发生的真实事件。

虽说我一向偏爱纯虚构作品，但这三部影片或许是我最喜欢的类型也说不定。

如果非要从中挑一部推荐给大家，我选择《熔炉》。

从任何角度看，它都是无可挑剔的佳作。

属于可乐的

11月23日

　　每逢秋天，我家附近便会出现柿子贩售所。

　　这是一台投币式寄存机，安放在停车场一角的小屋内，里面陈列着新鲜采摘的柿子。

　　有笔柿、次郎、富有、太秋，等等，按品种不同分装在塑料袋里，每袋有三四个。投入一百日元硬币后打开柜门，就能取出柿子。

　　每周有三天，从上午十点开始，这里就分外热闹，中午一过，寄存机几乎空掉一大半。

　　柿子大小不一，有的甚至带着伤痕，但毕竟饱含附近农户的心血，完全不使用农药，不会过分甘甜，可以生吃，也可以用白芝麻、黑芝麻或豆腐拌着吃。

　　因此，每逢贩售日当天，我总是满心雀跃。

　　我会事先准备好一百日元的硬币，然后拎着篮子，满怀期待地出门，想着今天可以买到哪些柿子。

等这家柿子贩售所停止营业，我才会真正感觉，秋天过去了。

冬季即将来临。

可乐带着自己心爱的毛毯，再次入住我家。

小别数日，一见到我，它就欢快地朝我扑来。

小家伙兴奋起来十分调皮，还瞅准机会把爪子搭上我的左臂，站起身扭来扭去。

可乐很喜欢这个姿势。

它个头儿长大了许多，搭在我左臂上的爪子也充满力量。

它扭了一会儿腰，似乎十分满足，接下来变得安静不少。

傍晚时，可乐进入休息模式，以打盹儿居多。

盖上心爱的毛毯后，它会睡得格外香甜，模样可爱极了。

小拉拉的睡颜固然可爱，可乐也不遑多让。

狗狗睡觉时最好枕着枕头，这样有助于提高睡眠质量。我曾试着把指尖或手掌垫在可乐的头下，它看上去十分惬意。

要是轻轻给它按摩一下颈部，它会立刻开始打瞌睡。

我忍不住笑了，这点简直和企鹅一模一样。

假如想让他们俩安静些，可以试试这个办法。

目前，可乐基本学会了在铺好的垫纸上大小便。

第一次是在我看了一半的报纸上，第二次是在垫纸和地板的交界处，剩下两次都准确命中了垫纸。

可乐真聪明！按照惯例，我应该夸张地表扬它一番才对……

晚上，我将送走可乐的重任交给企鹅，准备先洗个澡。

可乐像往常一样黏在我身后。"对不起呀。"我跟它道歉，然后关上浴室门。

可乐似乎坐在浴室门口等了我一会儿。

没多久，老师来到我家接可乐。企鹅一把抱起它，径直下楼去了。

我心里有点儿失落，默默安慰自己，还会再见的。

然而……

我洗完澡打开门，不可置信的一幕映入眼帘。

门口地板上积着一摊黄色的水，残留着几块茶色固体。

——可乐搞的鬼。

肯定是因为发现我没送它，于是闹了别扭，还故意挑在那种地方大小便。

可怕的可乐。

下次得陪它玩到最后一刻才行……

可乐回去后,我让企鹅帮忙将可乐的勺子装饰得显眼一些。他想了想,用油性笔在勺子上大大地写下可乐的名字。

这样一来,怎么也不会搞错了。

属于可乐的东西,在我家与日俱增。

月轮熊

12月1日

今天体验了Needle Punch教室。

之前早已听闻它的大名,实际参与却是头一回。

所谓Needle Punch,是指用尖锐的刺绣笔针,将柔软蓬松的羊毛绣成某种图案。

今天的题目是月轮熊。

首先用灰色羊毛打底,绣出身体和四肢,再把焦茶色的羊毛覆盖在上面。

整个过程看似简单,但因为羊毛质地柔软,固定起来颇有难度。

刺绣时,需要按照脑海中勾勒的月轮熊形状来落针。

大家在专用棉布上努力绣着。

刺绣本身不算太难,用羊毛绣出图案即可。

不过,一不小心就会刺伤手指,弄得满手是血。

刺绣笔针的针尖上有处极细的凹痕，非常锐利。

绣着绣着，我发现自己竟然渐渐绣出了熊的轮廓，感觉十分神奇。

尤其是添上眼睛和耳朵后，看起来更像了。

随后，我在它的胸口绣出白色的月痕，活脱脱就是一只月轮熊。

两小时后，十位学员将自己绣的月轮熊并排摆好，拍照留念。

大家绣的月轮熊各有特色，可爱极了。

我绣了一只即将进入冬眠的月轮熊，是个有着圆鼓鼓肚皮的贪吃家伙。

正面看不太明显，侧面看会发现它的肚子撑得大大的。

哦，怎么记得我家也有一位体形相似的人物……

月轮熊的背影与姆咪[①]有些像。

因为没在规定时间内绣完，于是坐在回家的电车上，我依旧绣个不停。

刺绣让人进入无我之境。

---

① 芬兰女作家托芙·扬松（Tove Jansson，1914—2001）创作的系列故事"姆咪（Moomin）谷"的主人公，是一只外形酷似河马的精灵。

这只月轮熊似乎带了点儿稻草人的元素。

到家后，我打开电视机，一边看新闻一边绣着。然后越绣越入迷，一时间爱不释手。

这是一份小礼物，希望对方收到后会喜欢。

即便在法国

12月14日

告诉大家一个好消息。

继意大利书报亭文学奖之后,《蜗牛食堂》又在法国斩获Le Prix Eugénie Brazier小说奖(布拉吉尔女性烹饪传统大奖)。

这个奖项是为纪念法国里昂著名的"料理之母"尤吉尼·布拉吉尔(Eugénie Brazier)而设的,据说专门颁发给书写美食题材的女性作家。

不久之前,《蜗牛食堂》在法国出版上市。尽管它还很"年轻",却得到众多读者的厚爱,我的心中充满喜悦。

还有一个消息要与大家分享。

我决定在ESSE新开散文专栏,专栏名为"恋物手帖"。

我会利用这个专栏,为大家介绍生活中自己爱用的日常小物，以及珍藏多年的私人物品。

第一回的新年特刊，我将聊聊正月的生活道具。

另外，最新一期《野性时代》将刊载我的短篇小说，小说叫作《一夏之花》。

昨天，命令家里的扫地机器人干活儿时，我一不留神叫成了"可乐"，不由得笑出声来。

其实可乐某些地方和扫地机器人很像，比如故意跑来我的脚边蹭啊蹭，又或者专挑不能进的地方试图钻进去。

当然，扫地机器人不会用爪子抓住我的手臂扭来扭去就是了。

下回可乐再来我家，不如让它们俩相亲吧。见到奋力工作的扫地机器人，可乐会做何反应呢。

初次散步　　　　　12月15日

可乐扭腰事件续篇。

如我之前所说，可乐常常攀住我的左臂主动扭腰。

起初我以为，它是因为很喜欢我才这样做，后来发现自己大错特错。可乐的这一行为，表示它将我视作自己的下属。

也就是说，可乐完全不把我放在眼里。

在它看来，我这个主人相当于它的仆从。

老师建议，只要察觉可乐想扭腰，就甩开手臂或是直接摁住它的腰。因此，每当可乐瞄准我的手臂试图扑过来，我就用老师教的方法赶跑它。

这下子，可乐明白不能瞄准手臂，改为抓住我的脚踝扭腰。

比如它会趁我穿袜子的时候飞奔而至，弄得我连袜子都穿不上。

即便如此，我依然顽强抵抗。

可乐终究不敌，败下阵来。

眼看我这边毫无妥协，它将目标转向一直与自己形影不离的心爱毛毯。

如果把毛毯挂起来，它会拼命抓住毛毯扭来扭去。

后来它发现，哪怕毛毯没挂起来，自己也能扭腰，于是干脆把毛毯死死抱在怀里，扭得不亦乐乎。

大概因为毛毯上印着狗狗的图案，可乐扭得格外认真，模样更显滑稽。

有时，它甚至抱着毛毯，竭力扭动腰肢，口里发出呜呜的娇柔呻吟。

可乐已经半岁了。

住在老师家的时候，它必须和另外两只狗狗共处。自从来到我家，可乐变得和以前完全不一样了。

比如，它会在老师家里同两只狗狗肆意嬉闹，"汪汪汪"地吠，在我家却乖巧得很，几乎从未吠过。

差异如此明显，让我不得不怀疑它是"双重人格"。

就像人类小孩儿，假如在成长过程中需要与兄弟姐妹争抢资源，那么他的性格会和条件优渥的独生子女完全不同。

今天在老师那儿做完针灸理疗,顺便带可乐回家。

以前总是抱着它回,现在它总算可以陪我散步了。

可乐抱起来很沉,才一会儿工夫,我的手臂就麻了,因此很庆幸它能自己走路。

对我而言,这是值得纪念的初次散步。

抱着毛毯扭腰的可乐,模样宛如野兽。有意思的是,一番折腾下来,连它都感到有些乏味,于是迅速变回从前的小奶狗,开始撒娇。

现在它正开启小奶狗模式,冲企鹅撒娇。

眼下的可乐还是一只小狗,想必再过不久,便会彻底长大。

哲学　　　　　　　　12月19日

今晚很冷，似乎要下雪。

我因为冻得受不了，又懒得泡澡，索性连门也不出，放任自己沉浸于阅读。

我重读了一遍重松清[①]老师写的《在你的小镇》。

真是一部很棒的作品。

语言通俗易懂，寓意却很深刻。

从第一章《何为善恶？》起，我便看得入了迷。

作品围绕搭乘电车时是否应该让座、怎么让座，写出了各个角色之间的复杂纠葛，对每个人的心理刻画也入木三分。

当然，这类问题通常见仁见智，没有标准答案。

---

① 重松清，日本当代作家，1963年出生于冈山县。作品多以日本现代家庭为背景，描写各年龄阶层遭遇的困境，曾荣获直木奖、坪田让治奖、山本周五郎奖等诸多文学大奖。

本书收录的大部分故事曾以附录形式出现在全七册的"儿童哲学"系列中。

这个系列最早是在法国出版上市的。我记得，法国人从孩提时代起就能近距离接触"哲学"。

全书围绕多个主题展开讨论，比如"何为自我？""何为人生？"。

我认为，要恰当阐释这些主题非常困难，读着读着又发现，重松老师果然发表了自己的观点。

他似乎希望通过正面探讨每一个主题，去回答一道更加宏大的命题——对自己而言，哲学究竟意味着什么？

书的中间部分有一则短篇，名叫《那座小镇》，讲述了东日本大地震时发生的事。

故事写得跌宕起伏。

在日本，学校试图教会孩子们何为"道德"。我却觉得，老师应该传授的不是"道德"，而是"哲学"。

在我的印象中，道德更像是一种自上而下灌输给人的正确性，而哲学往往鼓励我们独立思考，追寻答案。

电影里，汉娜·阿伦特曾说，哲学即思考。

我买了两册作为自己今年的圣诞礼物。

最初看得一头雾水，后来反反复复研读好几遍，终于收获了前所未有的新发现。

这套书不仅适合孩子们，对成年人也大有裨益。

努力做菜 12月29日

圣诞过后，新的一年就快来了。

今天，我从清晨起便待在厨房做年菜。

煮好黑豆后，我匆匆开始准备醋拌什锦蔬菜。

又将企鹅从筑地买回的章鱼以醋浸泡，将除夕夜要吃的新鲜平贝熬煮成浓浓的酱油风味。

我还逐一做好别的菜品，比如凉拌牛蒡条，等等。

此刻，鹿儿岛产的新笋正在锅里煮着，我打算将它们焯水备用。

这道菜是专为正月初四来我家做客的朋友们保留的。

现在是下午四点四十分。

绚烂的夕阳铺满视野，点亮整片天空。

看来正月间天气不错，暂时不用担心了。

年糕已经买了，明天下午再一口气烤好伊达卷，正月的迎新准备便基本完成。

今晚将在我非常喜欢的一家寿司店和企鹅举办年末联欢会，明天则受邀出席河豚盛宴。

新旧岁交替之际，每天都能吃到美味的食物，实在幸福。

这段时期，也是一年中我家冰箱最为充盈的日子。

前天的待客菜单如下：

前菜是黑醋拌柿子莲藕；接下来是银杏浓汤，对了，银杏是在我家附近现摘的，汤里加了深谷长葱；再之后，我端上了满满一盅海胆寿司，酱油风味煮鲍鱼，赤味噌与白味噌酱牛肉，金枪鱼盖饭，油豆腐与轻炸豆腐姐妹煮以及一夜风干的墨鱼干。

由于菜品太过丰盛，原本以为无论如何都不可能吃完。没想到，来我家做客的朋友们胃口好得惊人，一道接一道吃个不停，让我的料理显得格外有意义。

我再次体会到，所谓料理，是由主厨与客人共同完成的演出。

客人吃得香甜，主厨也会心满意足。

最后端上桌的是芋头汤，后来我索性把它加工成咖喱浓汤荞麦面供大家收尾。

或许，这是迄今为止我家招待的吃相最潇洒的一群客人。

从他们身上，我领会到何为真正高明的吃法，内心充满了获得感。

至于搭配菜肴的祝酒，我选择的是未过滤的冷"开运"[1]。

这种天气，只需把瓶子往外一放，酒水自然会降到合适的温度。

今年还剩最后两天。

鼓足干劲儿，愉快地消磨吧。

---

[1] 由位于静冈县挂川市的土井酒造厂酿造的一款知名日本酒。

后记：在镰仓度过日本之夏

今年夏天，我在镰仓小住了一段时日。说实话，由于去年、前年分别在柏林与温哥华度假，我已经整整四年没有体验过日本的夏天了。

我的心里始终有个愿望，就是想要住在镰仓，哪怕一次也好。如今，这个梦想总算实现。在镰仓，我租了一栋靠山的小房子，离车站稍远，好处是住所周围绿意盎然，保留着地道的镰仓风情。

房子是带露台的独栋小楼，分为上下两层，有宽敞的屋顶。一楼是我的工作室与卧室，二楼则辟作客厅、厨房和浴室。这栋房子坐落在山脚下，听说山丘也是房东的产业。推开家里任何一扇窗户，扑进视野的都是清凉绿意。

而且，鸟儿的啁啾声会从四面八方传来，这对爱鸟的我而言，具有致命的吸引力。白日里，耳边缭绕着鸟儿婉转的啼鸣，宛如一场美音竞赛。

与东京不同，在镰仓，昼与夜的界限格外分明，这个现象对我来说颇为新鲜。每天傍晚，鸟儿们停止歌唱，夕阳散尽最后一丝光辉，夜幕准时降临。东京的夜晚向来给人模模糊糊的明亮之感，而镰仓却是实实在在的夜色如墨。从屋顶望去，满眼皆是闪烁的星辰。附近的小川水声潺潺，萤火明灭。邻居们纷纷走出家门，屏息凝神，目不转睛地望着半空中的小小绿光，它们轻盈柔软，每一团都是独一无二的，仿佛幻梦一样飘忽不定。这是我在东京不曾见过的景象。

我从东京的家里带了一些日用必需品，依靠它们维持最低限度的生活。这里没有电视机，没有电话，没有微波炉，没有吸尘器，日子过得如同一场露营。如果实在想找朋友聊天，我就步行前往最近的神社，那里的参道上有公用电话可以打。镰仓具备某种从容的气度，让人甘愿享受生活中的各种不便。

清晨，我会推开家里所有的窗户，崭新的一天从此开始。然后，我在炉子上烧一壶水，手脚麻利地擦拭地板，也不忘把脏衣服扔进洗衣机。我把洗净的衣物拿去屋顶晾晒。晴天日照强烈，衣服一下子就能晾干。忙完家务便开始工作。一般来说，整个上午我都得对着电脑写稿或改稿，时间很快便过去了。

中午的时候，我习惯给自己做一顿简易午餐。这儿附近有鱼铺、面包屋，也有卖家常小菜和香肠的店铺。吃完午饭，我会安安静静地看看书、写写信，构思最新的小说。倘若是个风轻日暖的好天，我就放任自己躺在地板上，美美地打个盹儿。

夕阳西下，空气里带着些微凉意，我通常选择在这时出门散步。古都镰仓有许多神社寺院，散步途中随处可见。如果不想做晚饭，回家路上可以随意推开路边餐厅的门，进去饱餐一顿，有时我也会选择回家自己做饭。就这样，一天的时间转瞬即逝。在镰仓，我比往常更加适应早睡早起。

这样的日常生活，除了"幸福"，我不知道能用怎样的词语来形容。又或许，镰仓就是我的理想乡吧。

文治

磨铁图书旗下子品牌

更好的阅读

出 品 人　沈浩波
特约监制　潘　良　于　北
产品经理　胡马丽花
特约编辑　朱韵鸽
版权支持　冷　婷　郎彤童　李泽芳
营销支持　金　颖　黄筱萌　黑　皮
装帧设计　尚燕平
封面插画　尚燕平

关注我们

官方微博：@文治图书
官方豆瓣：文治图书
联系我们：wenzhibooks@xiron.net.cn

图书在版编目（CIP）数据

一个人好好生活 /（日）小川糸著；廖雯雯译. —
石家庄：花山文艺出版社，2023.3
ISBN 978-7-5511-6354-5

Ⅰ. ①一… Ⅱ. ①小… ②廖… Ⅲ. ①随笔－作品集
－日本－现代 Ⅳ. ①I313.65

中国版本图书馆CIP数据核字（2022）第208431号

KYO NO SORA NO IRO
by ITO OGAWA
Copyright © 2015 ITO OGAWA
Original Japanese edition published by GENTOSHA INC.
All rights reserved
Chinese (in simplified character only)translation copyright © 2023 by Beijing Xiron Culture Group Co., Ltd.
Chinese (in simplified character only) translation rights arranged with
GENTOSHA INC. through BARDON CHINESE CREATIVE AGENCY LIMITED

版权登记号：图进字03-2022-128号

书　　　名：	一个人好好生活
	Yi Ge Ren Hao Hao Shenghuo
著　　　者：	[日]小川糸
译　　　者：	廖雯雯
责任编辑：	温学蕾
责任校对：	李　伟
装帧设计：	尚燕平
美术编辑：	王爱芹
出版发行：	花山文艺出版社（邮政编码：050061）
	（河北省石家庄市友谊北大街330号）
销售热线：	0311-88643221/34/48
印　　刷：	河北鹏润印刷有限公司
经　　销：	新华书店
开　　本：	787毫米×1092毫米　1/32
印　　张：	4.75
字　　数：	73千字
版　　次：	2023年3月第1版
	2023年3月第1次印刷
书　　号：	ISBN 978-7-5511-6354-5
定　　价：	48.00元

（版权所有　翻印必究·印装有误　负责调换）